田與重郎文庫 1

改版 日本の橋

新学社

装丁　水木　奏
カバー書　保田與重郎
文庫マーク　河井寛次郎

目次

改版　日本の橋

使用テキスト　保田與重郎全集第四巻（講談社刊）

はしがき

この本にをさめた四つの文章のうち、誰ケ袖屛風と日本の橋の二篇は、舊版の日本の橋にもくみ入れたものであり、古い版が無くなつてからすでに年月をへたころ、ふたゝび人に見えるのは如何になどの思ひもされたが、愛惜するまゝにこゝの巻初においた。いづれもおなじ有羞の執着を滿すために、人の嘲りをくりかへし、後の悔を慮らぬこととならうか。しかるに新しく思ふところあつて、舊い措辭を正したり、あるひは心づくことがらをつけ足すうちに、あらかた面目の異るさまになつた。たゞ見聞記録ともいふべきことがらについては、敢てかき改めるところがなかつたから、これをよむ人はこれら二篇の草された昭和十一年の春の頃をもととしてうけとつて欲しい。舊版に入れたその餘の文章は、このたびの改版に際してはしばらくおき、代りに昭和十二年八月のころ平家物語を語るために誌した木曾冠者といふ文章と、今年正月に書いた河原操子の二篇を入れた。優雅な若い人々に繙かれたいと思ひ、さういふ心持から、すでにみな梓にものせられた文章だが、改めて筆のあとを修め、ことたりなかつたところにもいくらか筆を加へたわけである。

昭和十四年秋に誌す　　著　者

誰ケ袖屏風

關東の大震災の時には得がたい名寶の數々がなくなつてゐるが、その中の一つで今思ひ出しても痛惜に耐へないものに、宗達の作と傳へられる誰ケ袖《たそで》屏風がある。所謂誰ケ袖屏風の中でも恐らく最古の最も傑出した遺品の一つであつただらうと云はれてゐるし、今にして見るすべのない私らにはやはりそんな殘念な氣がする。何某の富豪の所有であつたが兩國のあたりで烏有に歸した。二三年前私は京の祇園祭の夜、めづらしい屏風の出る家もあらうかと、捜すともなくたづね歩いたことがあつた。さういふ祭禮の夜の畿內の習慣で、商家は商ひを休み、店先に家藏の屏風などをたてめぐらし、店員は將棋をさしたりして遊んでゐるが、その頃はどこでも蓄音器をならしてゐた。あてなく歩廻つてゐるうちに、東西の通りになつた問屋町で、宗達のやうな一雙を見つけて大へんうれしかつた。さうしてあのていねいに建てこんだ町にある名畫の運命をふと考へ込んでゐたのである。宗達とほゞ同じ頃に出たグレコなどは、死歿と共に久しい間全く忘れられてゐて近代になつてから急に、近代畫の祖とまで尊敬されるやうな、待遇の轉變をうけた作家だが、そのグレコには西班牙のトレドの町、その畫家が愛して描き、後半生の住家の地ともしたその町には、この遠來の希臘びとグレコを記念する美術館が、彼の名を冠して建てられてゐる。以前の西班牙は遠い希臘の繪師を敬愛したのである。宗達は名聲の變遷もさしてなく、泰西畫人の待遇のごときを手本とせぬ本邦畫壇のことゆゑ、さま〴〵の評價變遷も今後に初めて生れるかも知れぬ現象であらう。しかし近世の大作家として宗達や光悅や光起は、一つの寺院や城廓で定まつた仕事をした人でないからこそ、一つの美術館位はその名を冠して建てて欲しいと私は思ふのである。山城太秦や武州金澤、鎌倉あるひは播州鶴林寺、高野山などと、地方の住民は何かの記念事業にさういふ小さい美術館を靈寶館などと稱して建ててゐる、例へば河內觀心寺の記念館位のものでもよいだらう。そんな形の小美術館が當然ながらもつと各地の所々に多く欲しい。朝鮮總督府の小博物館を地方に分立する方針は、巡禮者の見聞を緊密にし、心を樂しませてくれる賢明の文化的方策である。あへて今ごろに古美術品の公開や私有を云々するのではない、日本の美術品が富豪に保存されてきた恩惠は少くはないが、せめて宗達だけにでも、もう一つの美術館位があつてもよい時分である。それには山城の醍醐か、あるひは終焉の地北陸の金澤かと、無駄なことを考へてみる。俵屋宗達は京の西陣の人と云はれる。この近世の大畫家にも明確な傳記は傳らない。

宗達の系統は光悅の流れといふのが通說である。今も洛西にある光悅寺は美しい土地である。光悅の藝術に流れるやうな上方文化の、色も濃厚な土地である。そこに光悅美術館の一つをもつことは京都人の當然の名譽心と思はれる。西陣の問屋が競つて洋館をたてるよりも、光悦美術館の一つあることの方が土地がらから云つてもむしろ名譽であらう。宗達と光悦に一つの師弟とか血統といふ以上に深いつながりを見出すのは何ら後人の作爲ではない。宗達に對し光悦の傳記は明確である。光悦は足利家恩顧の本阿彌家の直流としてその家をついだ。榮えも正しい名門であつたし、そのことはまた當代の諸藝術者に比したとき、彼の藝術の概略の評語ともなりえた。恐らく光悦ほどにあらゆる藝術の分野に於て、天稟の自然と人工の藝の融和した美を作りあげた、しかも大様で美しい一人の作家は日本の古今になかつた。たとへばその陶器を著名な仁清などと比較しても、藝術家の作品と職人の至藝との差がきつと見出されるといふ。偉大な作家さへ偶然の機會の當來に冀つた、あの日本の獨自の美と創造を、彼は天稟を以て創作し、技巧で描いた。繪畫、彫刻、製陶、髹漆、等を自ら堪能し、偶然を人工して樂しんだとき、恐らく近世最大の名家であつた。足利將軍家の歴代の風流生活に於て沈靜した日本の美しさを窮極に押しつめてゆき、幸ひにも桃山の世に生れた、その光悦の光りの輝く筈である。足利家の藝術生活の天稟を形相した美しい一個の遺品として近世に殘した一つの形なす天才であつた。光悦作の硯箱が、たま／＼桃山豪華藝術の大廣間で妍麗の美を競つたのみでなく、その無造作な大膽な文様が充分に金銀の豪華さと、色彩の濃繪《だみゑ》を壓してゐるとさへ見えるのである。「子の日蒔繪棚」の文様の構想のごとき、一つの桃山の精神であると共に、光悦の奔放な精神に多く時代さへも示唆負うてゐると感じられる。

桃山の精神の外貌を云ふ合言葉は下剋上と天下一である。しかしそれを三寶院や智積院にまで構想させたものは、總て不世出の英雄秀吉の精神の偉大さである。秀吉は一代の藝術の立法者であつた。秀吉なればこそ、足利氏のきびしい精神的風流の中樞の内に育くまれ、堂上の傳統の美觀の教養さへ身につけてゐた光悅の藝術のまへにも對抗し得られたのである。秀吉の藝術立法と足利將軍の藝術立法以外に、つひに民間の藝術立法は日本の過去に存在しなかつた。光悅の如く、恩惠にめぐまれた職人が偶然の機會にのみ作りあげ得た如き美を人工した眞の藝術的態度は、足利將軍の累積した代々の美神が末期に及んでなほ燦然と光り燿くさまにも似てゐた。光悅は古い時代のため古い時代を光らせ、從つて當然に續くものを照らした。德川の將軍は完全に光悅のまへにひれふした。彼らの作つた日光造營は職人藝の集積である。しかもそこにさへ桃山の餘風が著しくその修飾主義を救つてゐるのである。それは形と精神の上では、やはり秀吉の時代である、さうして今も東照宮の藝術の上に君臨するのは、東照神君でなくして豐國大明神と思はれる。

桃山の藝術の動因は贅澤が素直に記錄されたことである。しかし素材だけの贅澤さへすでに藝術の一つの資格である。この近世的意味での美觀の成立は秀吉の出現によつて初めてなされた。足利將軍はそれをなし得なかつた。その王朝の反動のやうなところもやはり精神の別の側面に據つてゐた。王朝末期の人々はそれをも知り行つて、むしろ抽象の情緒を樂しんだ。可憐の心理文學に、不安や失戀や、ないし一切の終末のエリジウム意識を構想して樂しんだ。落日の豐かさや、落花の花やかさを知つてゐる、藝術的にさへ意識過剩の人々であつた。實に花やかな形式で彼らは、世間と人生を思ひわびて發想したのである。

さういふもののあはれは鎌倉時代に入つてやうやく變化した。無常觀は平家物語などを通じて勇壮のイロニーとまでなつて了つた。足利氏はそれをさらにきびしい精神に場所をかへて、枯淡な水墨に描いた。しかしその水墨にさへなほ元信の描くやうな沈静と節度の花やかさが、王朝の花とは場所をかへて日本のすがたで匂ひ出た。やがて秀吉は爛漫の花を金襖の上に贅澤化し文様化して植ゑつけようとした。わが世の思ひを、比喩も抽象も寓意をもかりないで描かうとした。そして「封建僭主の藝術」はその外征のやうに新しく日本の外光に輝しく記録された。秀吉が初めて日本の民衆の祭りを京洛に作りあげた。戰國末期の花々しい日本の自由市を象徴するやうな「封建僭主の外征」が最も花やかにされ、一切の不平と不滿は花見や祭りや茶湯の集ひで封じられた。傳説の殺生關白はまことにまちがひのない彼の血のまじつた世襲の一つであつた。秀吉は日本の精神を豐富にし、多數の初めてのものを造營した。

まことに贅澤といふことは藝術の一つの要素である。あの金碧の障屛で埋められた智積院を見、そのかみの桃山を思ひ省みて私はいくどもくりかへしその嘆きに耐へないのである。求めてはゐない、しかしこの事實を一蹴しうるなら、私は過去を樂しみ未來を喜ぶことに意味もないと嘆かはしいのである。贅澤が必要といふ、光悦の藝術を思ふ時にさへ、あまりにも多くの無駄にされた積り物の多さに慄然となる。しかし光悦藝術の贅澤さについてはしばらくおき、今はただ豐公の遺業を省みるがよい。智積院の贅澤を今の眼のまへで見るがよい。これは現代の良心的藝術觀から云へばまことに大きい矛盾である。しかも止むを得ない矛盾である。秀吉は北野の茶會にあの平民の主義を振舞ひ、長四郎を認めて樂印を與へてゐる。云はば秀吉は初めて平民の主義を趣味の境地で享樂した。趣味としたのである、そのためには判斷が必要でなく立法が必要であつた。黃金のみで得られる範圍ではないゆゑ、桃山の遺子は後世につぎ〳〵に現れた。朝鮮征伐には子供や老人の喜ぶ無償の目的の外にも、朝鮮民藝移入の事實が示されてゐる。政治と文化の兩面で一つの日本の獨立が反映したのである。たゞ戰ふために戰ひ、人を殺すために殺す、この武人らしい精神は、淺薄の人道主義よりも立派である。

秀吉は王朝人も足利將軍もまだ知らないもの、知つてゐたとしてもかりに何かに托して樂しんだものを直接に享樂した。それは平民の精神が王者の形で初めて樹立されたのである。卽ち秀吉の藝術の上では、封建のテーマは何らとられなかつた。そこで用ひられたものは人間性のテーマ、もつとはつきりいへば平民のテーマであつた。しかも彼の藝術に現れたモニユメンタルは傳來のすべてのものに一様に場所を與へた。秀吉のもつこの光榮の矛盾のために民衆の人氣はつねに彼のものであつた。

安土の城が傳へられる如く「何れも下より上迄御座敷之内御繪所悉金」といふなら、桃山の特色とした金碧の濃繪は、信長とその繪所作者永德に源を發すといふべきかもしれない。しかし秀吉の何らの制約もうけてゐない恣意、朝鮮征伐が象徵するやうな恣意は、秀吉なくして依然桃山の藝術は考へられもせず、また生れもせぬ。この場合に限り秀吉がなければといふ愚かしい云ひ廻しが若干意味をもつ。光悅がなければといふ同じ云ひ廻しは殆ど意味をもたないのである。秀吉は湮滅に瀕した足利藝術所の人々を保護し、陰に陽に彼らを安住させ、奔放させた。

秀吉はもはやそれでゐて平家の諸公のやうな苦しい思ひは少しもしなかつた。卽ち彼は前代の貴族文化を以て別の立法を行つた。平家の公達は前代の身振りに苦しんだ。秀吉は彼らより本來時代の非文化人として生れた。のみならず彼はむしろその點で自然の變革者であつた。彼は永德と協力し繪畫を物語から獨立させて視覺の中へ持ち運んだ。彼の藝術は革命神話や英雄傳記を描かせる代りに、彼のこの世の春の裝飾に終つた。完全に藝術の獨立は保持されつゝ、しかも一方完全にこの前古未曾有の豪華な藝術は彼のまへに隷屬した。彼は藝術によつて彼の過去の物語を再現しなかつた。彼は一切の宗教的テーマ、乃至宗教的雰圍氣、あるひは過去の事蹟、さらに一切の教訓等を彼の革命神話として描かせる必要を認めなかつた。彼は偉大な具體の表現として、空漠な豪華を抽象して描かせた。その藝術の中、別の世界の中で、はからずも彼は自己の主宰する、表現によつてのみ可能な世界を描かせた。これは一般島國人や多くの泰西市民社會の思ひ及ばぬところであつた。同時代に描かれた西洋風景畫の滑稽な自然擬人法による、市民の英雄の比喩的表現を思ひあはすがよい。利休を登庸して日本美への大變革を試みた秀吉は精神的にも前代の屈辱外交を征服したのである。審美的日本の樹立は利休との共力で可能となつた。この農民の子は天性として何かの神性に側近した一血統をもつてゐたのである。秀吉は桃山百雙屛風をしきつめた饗宴の席であきらかに二つの世界を支配してゐた。

桃山の藝術は發生と共に幸ひにも永德のやうな、繪畫を藝術のための藝術とする運動を情熱する精神を多分にもつた大畫家を有した。桃山時代の復古の精神は鎌倉の復古の心とその點で元來に異つてゐた。桃山を復古とするのは世に喧傳する都合よい說明である。それはそのころの海外の情勢や運動との比較にも便利であつた。國內の現象からは色彩調和の法に長じてゐた土佐派の繪師が、足利の水墨精神に壓倒されて、細々と繪卷などをかいてゐたのが、永德に於て復古的に甦生したといふのであらうけれど、永德山樂を發見したのはたゞ一人の秀吉である。永德の如き大作家は、一つの民族に於て、さらに世界に於てさへ、幾人ももつ如き藝術家でなかつた。土佐をついで繪所預りになつた元信の三代目の系譜に永德の名をあげてゐる。安土の城は永德が彩色したといふ。彼らは土佐派の和樣の彩色の法に長じてゐた。しかし永德は恐らく傳承される一切の遺品によつてみれば、義子山樂や次の探幽と比較されぬ大才であつた。探幽は巧みに描かうとしてゐる。永德は描かうとなどしてゐるさまも見せない。

智積院、三寶院は狩野派の作品でなく長谷川派といふのは早く都林泉名勝圖會が說き、土田杏村にその實證說明があつた。しかしさういふ比較の精密さも私らにはわからないといふ方が、私なりに正當と思はれる。妙蓮寺大安寺等も見れば見るほどに、狩野派の描法と異るものが出てくるのであらう。私の如き、さういふ比較考察は思ひもよらず、たとへば智積院の內ではたゞその燦然たる輝きに怖れるにすぎない。

長谷川や雲谷、海北の人々も、一つの太陽の下に同じ時代の青春の息吹を感じて現れた天才達であつた。しかも等伯、等顏、友松、それに宗達さへ、かつて永德に學んだとの傳說がある。そして狩野派が桃山風の金碧の障壁畫を描く氣魄を失つた時に、桃山の遺風といふべきものはむしろこの他派の人々でうけつがれた。桃山の精神には金碧に濃繪を描くことが最もふさはしかつた。當時の流行語に天下一といふ言葉がある。京都の豐國神社の境內にある有名な與二郎作、雲龍鐵燈籠の銘文の「奉寄進燈籠慶長五庚子年八月十八日天下一釜大工與二郎實久鑄之」をみれば大ていの人は微笑を禁じ難いであらう。與二郎は釜師として天下一の稱號を許されてゐたのである。この銘文にさへ桃山美術の精神の一面貌がある。秀吉精神の發現したものの斷面がこゝにも濃繪のやうに描かれてゐる。足利將軍は金閣を發見し創造し、つひに銀閣を創造した、そして豐公は桃山や醍醐を發案した。

探幽は傳によれば二十五歲の時に二條離宮にある襖の松の繪を描いてゐる。しかもこの二條離宮の諸作品が探幽一代を通じ、又狩野派の花の時代の豪華藝術であつた。文藝のことはしばらく云はず、繪畫だけには時分の花が否定され危まれてゐる。その技術尊重の點、つまり繪畫が技術に重點のおかれる技藝だから、繪畫に於ては秀れた作家といつても壯年の完成が當然と思はれたのである。しかるに探幽の藝術、しかも桃山の絢爛として豪放な繪畫藝術に於て、その最高壯麗の花の時代が僅か二十五歲の若者に描かれたのである。名人藝を愛惜することにある種のダンデイズムを思ふ今日の江戶戲作者の若い亞流は、この上方藝術の潑剌たる傳統精神を考へるがよい。その精神こそ推古白鳳天平を流れて完成された日本の古典の頑强な誇りである。さらに靑春の文學の論者に完全完璧の論據さへ與へる。私らの心するものは時分の花の肯定である。のみならず名人の至藝といへば、光悅宗達の意味である。芭蕉蕪村を流れるものである。そこにある對立でなく、血統である。方便としての對立のさきに、象徵としての血統である。

しかし桃山の衰退、嚴密にいへば狩野派の衰運は、二十五歲で花の世界をきづいた探幽に源する。探幽以降の狩野派が幕府のアカデミーを形成し、つひに金碧畫を描く氣魄を失ふに至る、衰退の調べは二十五歲でたとへ巷說めかしいとはいへ古今の傑作の一つを描いた探幽の中に見出される。探幽の墮落はすでに二十五歲を頂點として進行してゐた。しかし二條離宮の松の圖の前に端座してふさはしい一人の德川將軍があつただらうか。同時に引見されて二十五歲の探幽の支配した世界の廣大な强烈さに怖れた一人の武士諸侯があつたか、秀吉はすでに薨去し、その部下の勇將も殘らなかつた。もはや傳永德作品の萌えいづる花の氣品はなくなり、恐らく今の京都畫派の中樞にさへ見られる料亭の座敷の繪にして一等ふさはしいやうな色と技術のみの作品に職人が使用された。そして桃山精神は狩野派以外の當時の傍流が寧ろそれを繼承變貌して金箔の上に描いた。光悅宗達無ければ光琳派もなり難い。江戶の光琳の優秀さは完全な技術精神につきる。先蹤なくしてなり難い所以である。だがその江戶の時代に光琳なければ如何に寂莫の感に耐へないかを思ふと棄てがたい一人者である。

さて桃山藝術の衰運を考へるなら、すでにその始めにあつた雜居の狀を思ひつくはずである。一切の贅澤、天下一、成金の豪華、その桃山藝術の根元は雜居である。世界がさきにあつた。世界がさきにあつて藝術はその世界をたゞ奔放したのである。秀吉の築いたものはその世界である。文化の立法者として、又めづらしく外征の戰士としての秀吉には、防衞のさきに立法があつた。しかもモニユメンタルをうけた次代が頂點をつぐとは限らない。

桃山に雜居した二つの傾向は、德川將軍の幕府の樹立と共に、明確に分離し、つひにその綜合を見なかつた。すでに永德に於て雜居であつた。傳永德作品に、傾向異り同一作家のものと思ひ難いもののあることは當然かもしれない。堺大安寺の襖繪を永德と論斷した福井教授の立論も公認のものかどうか知らないが、さういふ立論を強ひる心は私らにさへいさゝかわかるやうな氣もする。一切の傳永德作品に於てまさにその通りであり、たゞ御物唐獅子の落款の確定さを以て論斷の資とすることはむしろ警戒すべきことであらう。そこらに桃山の贅澤な藝術態度の一風貌があつた。桃山の雜居は、幕府のアカデミーを樹立した狩野派が完全に墮落衰頽して、舊來の漢畫の亞流作品をものし、完全な水墨趣味の見本を描くに至つて分離した。水墨趣味が德川將軍にわからず、足利將軍に理解されたことは血統の系譜圖が示す、大雅や竹田や玉堂は血統をもち得たのである。藝術は德川將軍の時代にも完全に堂上から離れず、京畿に留つた、それは日本の美觀の歴史からまことに當然のことであつた。堂上への一切の親近と接近だけが日本の藝術を防衞したことは、歴史上の事實である。私らはたゞこの事實を考へねばならない。

幕府のアカデミーによつて疎外され民間に分離した桃山の一方は藝術として傳承した。

文様風花鳥畫は、堂上の諸家と關西の富豪によつて支持されたのである。近畿の思想家には民間の本居學派が出て、堂上に富士谷派が出てくる時代となり、元祿の上方文化はすでに終り、芭蕉や、近松、西鶴らをこえて、やがて蕪村、秋成があひついで輩出した。當然のことながら教養をもち世界をもつものの傳統がその底流にあつた。

光悦宗達はその文様風繪畫の早い先驅であつた。その先驅といふよりも、桃山の永德らの始めた藝術の裝飾化の動きを完璧に完成し、光悦の美を大成した。純正な繪畫の藝術化、又純粹な視覺の美しさを描くことは色彩の稀有の創造者宗達によつて完成された。誰ケ袖屛風が宗達を以て初められたか否かは嚴密に問はぬ。今では私らにわからぬことの一つである。たゞ恐らく彼らの發案におうてゐることは確かである。宗達が伊勢物語を繪畫化した作品「蔦の細道」の如きを見れば、その雙ない構想に、又はその繪畫的な視覺化、あひは鮮やかな色彩感には神品の感が深い。蔦の細道は宇津山ともいひ、しば〳〵畫題に用ひられた。業平の東下りに取材し、宇津山で旅僧にあつて例の「するがなるうつの山邊のうつゝにも夢にも人のあはぬなりけり」の歌を都の戀人に托する。宗達の蔦細道屛風も金地六曲一雙にこの場を描いた。しかし業平と旅僧を峠の頂で出會はせるといふあの常襲の型は毛頭考へずに、この大作は綠青で土坡を描きその中間に峠路を現し、蔦細道にふさはしい蔦を描いて屛風のあちこちに、荒唐無稽に大きい蔦の葉を綠青で描いてゐる。業平も旅僧も描かずに、たゞその蔦楓生ひしげる宇津の山路とその物語を、無比に美しく視覺化したのである。

宗達に於て桃山の金地を高價の顏料でうめつくす、智積院の追うた精神が完全に生かされた。宗達ほどに空間と空白の場所の生命を知つた作家はなかつた。桃山の精神は足利期の虚漠な空白の嚴しさを埋めることにあつた。ここで當代の早生の精神は迅雷の如き描法を選んだのである。その中で光悦は傳統の畿內文化の匂ひを、むしろ金泥地を空白化するところで生かせた。そして宗達がこれをわが金箔障壁藝術の中で完成した感さへある。後の光琳の俊才を以てしても、彼に比べるとき職藝の感に深いものがあるのは如何ともなし難い。恐らく「蔦の細道」の峠路を描き、蔦の意味を描き、しかも業平を描かずして業平を包んだ世界の雰圍氣を完全に繪畫化して描いてみせたのは宗達である。それは王朝文化とその傳統の新しい再現であつた。この偉大な畫家は、その傳記や歷史的な人間生成の記錄の湮滅と關係なく、たゞその天才によつて偉大である。彼はその人間生成記錄の殘存によつて偉大になるやうな畫家ではない。その繪畫にいくらかの缺點は云はれた、しかも時代と人間生活を藝術的に設計するのが、大藝術家の歷史のデザイナーとしての偉大さである限り、この意味で彼ほどに久しい間の人間の美的生活を決定した一人の畫家があるだらうか、疑ふものは彼の作品を見るがよい、否彼の作品をみるまでもなく、歿後三世紀半今なほ日本の街や家に生きてゐる彼自身の創作のなごりを知るのみでよい。三世紀半の日本の美的生活は天才宗達の世界を薄めてゐたにすぎないのである。たゞ彼の作品が餘りにも美しいゆゑに、弱々しくうそ〳〵しく、それは人の一瞬の美を思ふ切なさをめざすに過ぎないと思はれた。だがその瞬間は無限に深く、永久に強く印象されるやうな、從つて美しいゆゑに愛される作品である。さうしてそれゆゑに民衆の生活とつねに共にされた。桃山に雑居したものはかくて雑居をつゝむ世界を失ふとともに、各々弱められて、一つは幕府のアカデミーに儀式藝術として藝術性を抹殺しつゝ、その舊時代の殘骸を守らうとし、他は美しいゆゑに弱いながらも、そのまゝの姿でいよ〳〵藝術的な文様風な作品を心し、色彩調和の法を教養とし傳承した雰圍氣の中で後にまで育くむに至つた。

誰ケ袖屛風と稱されるものは、この桃山から元祿へたくさんに描かれたものであらうと思はれる。宗達の創作文様のセンスが、日本の女性の美裝を現代にまで及んで殆ど永久的に支配してゐるやうに、誰ケ袖屛風の最初の作品が宗達の手になるものとして傳へられてきたことに私は充分の意義を感じた。誰ケ袖屛風は衣桁にかけた小袖を描き、架空の美女の想像のときめきを俤した。桃山の藝術のさながらにこれも亦贅澤の率直な記錄である。しかも藝術は無限の贅澤を貪り求め、王侯さへ不可能とした冷淡さを、一切の萬物に對し立法するのである。さらにそれが支配力の横暴に腹立てた人間のせねばならぬことゆゑ、これこそとりかへしのつかぬ矛盾である。誰ケ袖屛風について、それは室內調度品を描いて眼の錯覺を樂しんだものと世の學說はいふのである。しかし桃山より元祿にかけて盛んに描かれた誰ケ袖屛風は、ただ小袖の美しさに誰が袖かの思ひを描いてゐると私はすなほに考へてきた。衣桁にかけて美しい女裝を考へた時代と人々の審美觀を私は尊敬したい。昔大塚博士が動くときの美として日本の服飾美のねらひどころを定義したのに對し、子規は坐つて美しい袖に觀點をおいて博士の說を否定してゐる。子規はつねに病臥して、坐つた人間しか見てゐなかつたからだらうと、漱石だつたかが、その時の兩者を批評して云つた。しかし桃山の人々は衣桁にかけた小袖に美しい人の夢を共に見た。王朝の人々は重ね合せた衣の一部をほのかにのぞかせて樂しんだのである。だが衣桁にかけた衣服の美しさは、しどけなくぬぎすてられた着物の美しさよりも、ねらひどころの一つに於てなほほのかである。誰ケ袖屛風はたしかに元祿頃に多い浮世風な風俗圖や湯女や遊女の圖とも顯はに異つた匂ひをもつてゐた。そのほのかささへも異つてゐた。町人の露骨さなどいさゝかももち合はさぬ。やはりはるかに抽象的な女裝の美しさのやうである。さてしどけなく、さらにだらしなくぬぎすてられた洋服の美しさは私には想像もできない。風俗民情の異りであらうけれどぬぎすてられた日本の着物は、その時こそ花やかなやうに感じられるのである。そしてそれだけのために表も裏さへも作られたやうに思はれもする。しかし近頃の女裝は袖よりも裾や肩に美しい文樣を集中する。さうしてこゝに及んで初めて大塚博士の說が豫告となつたのではないかと私は感じた、まことにこの近時の風は女性を歩かせて美しく見たい心のあらはれであらう。とはいへこの間大阪で自筆の歌を金絲貫の繪羽羽織に織りこませ、自分の署名まで片袖に織り込んだ中年の女にあつた。もしも大阪の知識婦人のやうに谷崎潤一郎の文學を語り、帝展の大阪開催を話題にしてくれたなら、何とも辛辣な又皮肉なこの世の文藝に對する諷刺自體ではないか。そして今日のやうな日には、どんな無作法も厚顏も、自體が一つの身をもつてした犧牲的諷刺精神そのものである。それゆゑか若さの時分の花よりも、厚顏を認める、厚顏の美德が今日ほど藝術家社會で認められる日はわが史上にもない。

誰ケ袖屛風に女装の贅澤を思ひ富豪の權勢を考へる、しかし封建の世なれば町人の贅澤も一種の反抗的意義があつたといふ、滑稽な說も亦ありうるのである。秀吉は女裝の贅澤をさかんにかり立てたといふ、今の大阪城の美術室にはその桃山の衣裳の若干もあるが、他の金鍍金した瓦やその他の桃山の遺物に竝んで、すでに色褪せがちであつた。京阪の富豪が宗達ら一部の美しい藝術の系統を後援し、當時の反幕府アカデミーを擁護したといふことも、藝術による反抗の發現などといふ大仰のものである以上に、むしろ趣味と教養の支配であり、その支配が永久に若かつたのである。やはり藝術は矛盾の上にあつた。封建時代に於てその平民の反抗精神がどんな形であつたか、といつたことも考へて詮ない。その時代だからと女裝の華麗に言論表現下の意識を認めるのも空しい名分論である。エンゲルスは名著「家族私有財産國家の起源」の中で、カトリツク教國に於ける「男の側のヘテリスムス」と「女の方での姦通」を當然のことと、それ見たか風に毒々しくかいてゐるし、さらに進んでプロテスタント諸國家のや、自由な戀愛結婚風俗に於ける「彼らの家庭の幸福」の僞瞞と虛僞を憎々しげに暴露した。現代一般風景に對して痛烈すぎる言葉である。まことに事實を暴露しても隱蔽されたカトリツク國の內部の匂ひには、やはり依然としてエンゲルスの記述以上の藝術がないわけでない。名分の論からいへば、にべもなくはねつけられるかも知れない、しかしその否定は大多數の藝術に或ひは心苦しからうと思ふまでである。ただ私はマルクスの若干の事業を尊敬するゆゑに、藝術論の上でフロイド學說が流行したとき、マルクスをフロイドのまへで防衛せんとした多くのマルクス主義家の狼狽した姿を醜態と感じた。富豪の一つの權勢表現の手段としての女裝の贅澤についても、カトリツク教國とか、プロテスタント諸國といつた區別を撤廢して、女性文化風な一共通のヘテリスムスの發現である。元祿の頃の清水舞臺に於ける衣裳比べは、巷間傳へてその最も花やかな話題である。太平の世には女性の教育とまづ女性修飾を考へるらしい。ブルヂヨアの日の美術展覽會の初日、招待日といふのが、ブルヂヨアの國では衣裳競ひの別名を以つて呼ばれた。かういふ現象には平民の優越感か、又はヘテリスムスが先導してゐるか。人間の精神や心理生理の構想に於ては、廿世紀の我々はあまりにもその門口しか知らなすぎるのである。私はヘテリスムスを評價するのではない。たゞ封建の世の平民のヘテリスムス的形態とその昇華現象、及びそれの一切の構想と設計、それらについてはその時代のために反抗的意義を重視するとの說を僞瞞と信じた。それを何かの反抗の手段と强語し、その成心によつて意義ありとすることは、前門の虎後門の狼以上の、便宜的な觀念的抽象論法である。表現されたもの、結晶したもの、卽ち藝術にだけ意義がある。私らはさういふ一般の藝術的なあらはれ、ある時代のモラルと勢力に對するデカダンスを、浪曼的反抗と呼んでみた。それがプレハノフ的發想とは全然別であることをこゝでも云ふのである。清水の舞臺の衣裳競べは、京の難波屋十右衞門の妻と江戸の石川六兵衞の妻とが競爭者であつた。衣裳の南天の實の模樣に累々珊瑚の珠を連ねたと傳へられる。さういふ元祿といふ時代を私らはもつてゐたのだ。のみならず未だに我らの鄕國の近くではさういふ大昔の話題が無學の老婆たちによつて傳へられてゐるのである。ところで秀吉の繪所の永徳は一番美事な珊瑚をひいた粉で、桃山百雙屛風の彩色をしてゐる。芥子や雞頭の花の色彩など高さ一分以上にもその顏料を惜しげもなく使用した。あるひは屛風に金銀の細工物をはめこんだり、そこで素材でもない技術的材料の惜しみない高價さで人の眼を眩惑して了つてゐた。さういふ贅澤さは、桃山の藝術の一切を奔放自在に振興したのである。秀吉は足利にも若干あらはれかけた金碧畫の眞の有效な價値を自らに知つてゐたのである。下剋上や天下一がそのころの若年の日本の合言葉であつた。足利氏の時代を通じて培れた冷徹した精神文化の内部的集積と、貿易を通じ開拓を通じて得られた豊かな富貴の寶庫は、この平民にして精神的貴族だつた秀吉の出現を待つてゐた。秀吉の醍醐の花見には、咲き誇る自然の櫻樹を衣桁に見たてて、樹々から枝々にかけわたした縮緬の扱帶に、紗綾緞子綸子などの小袖を打ちかけて竝べた。さういふところに通じる匂ひに、私は誰ケ袖屛風の先蹤を感じ、錯覺の利用とする說に、學者めかしい最惡の合理的巷說を感じるのである。

桃山の濃繪の中で誰ケ袖屛風などとるにたりぬものであらう。しかしそのころの美事な花や大樹や自然を描いた作品の中で、この時代の生活の匂ひを最も濃やかに、その花めかしい部分を描いたものとして私は心ひかれる。誰ケ袖屛風は桃山から元祿にいたる間次第にさかんに描かれたらしい。こゝで極めて自然に、といふのは極致の人工藝術の深祕に共通するものであるが、それは衣桁に極めて自然にうちかけた女の着物を描いただけのものである。その調度を通じて空想に描かれる人は、現身の美女よりもずつと美しいであらう。

私らの家庭ではもはやそのころの衣桁を骨董品とし保存を心して藏ひこみ、今日の女性の文様は肩と裾に集中されて、町や廊下を歩くべくされてゐる。さうして私にも誰ケ袖屛風の品隲など當節まことに時節おくれの思惑のやうな氣がする次第である。果して人間の文化は精神の贅澤と生活の豐富さを愛する方に向ひつゝあるか否か、私などにはわからぬのである。

日本の橋

東海道の田子浦の近くを汽車が通るとき、私は車窓から一つの小さい石の橋を見たことがある。橋柱には小さいアーチがいくつかあつた。勿論古いものである筈もなく、或ひは混凝土造りのやうにも思はれた。海岸に近く、狹い平地の中にあつて、その橋が小さいだけにはつきりと蕪れた周圍に位置を占めてゐるさまが、眺めてゐて無性になつかしく思はれた。東海道を上下する度に、その暫くの時間に見える橋は數年來の樂しみとなつた。この數年の間、年毎に少くとも數囘はここを往復して關西にゆき東京にきた。その度に思ひ出してゐつゝ、いつも見落すことの方が多い。めつたに人も通つてゐない。そのあたりの道さへ人の歩いてゐることなどつひに一度も見たことがない。いつか橋を考へてゐるなら、その瞬間にこんな橋を思ひ出す、それはまことに日本のどこにもある哀つぽい橋であつた。

哀つぽい橋といふのは、しかし思ひつきや慣用の修辭などではないのである。紅毛人の書いた橋の本をくりひろげて、一しほ新たな驚きは、道が自然であるといふ意味で、橋が感慨深い強度な人工の嘆きに彩られてゐることであつた。ヘレネが神殿構成の資質であつたやうに、羅馬びとは橋梁建築の天才であつた、とは大方古今東西の通説の如くである。著名の佛蘭西のポン・ド・ガールを私はその寫眞でみたことがある。遠山はほのかにかすみ、ひろびろとした原野のなか、ゆるやかな丘も、茂つた木立も、すべて何の手も加へないさながらの自然を思はせるその中に、この有名な橋は横たはつてゐた。それから私はこのこんもりとした灌木の茂みの中の人工造營を想像してみる。羅馬人の橋は伊太利亞に佛蘭西に、あるひは西班牙の水道橋と殘された。私史に傳へるそのまゝを信ずれば、ササン朝のシヤパル一世の時、羅馬の工人を招いて造らせたといふプルイカイザー橋は、羅馬の橋が近東へ入つた見事な一例である。この壯麗な橋を紅毛の詩人が、羅馬人の作ゆゑにと感激したことは、恐らく多くのアジア人の知るところであらう。

しかし羅馬人の橋が、主として征旅の軍隊や凱旋の獲物を車輛で運ぶに適した一面で、キリスト教傳道の殿堂延長を意味したことを考へるなら、近東とアジアにも、かつての死海附近のどこかにも、橋の原型はあつたにちがひない。初めてのバビロンの文化の中に石橋の斷址を發見したことを私はほのかに憶えてゐる。プトレミーの古地圖に出てくるインダス河に架けられてゐた橋を考へるなど、餘りに樂しいことでなからうか。

羅馬人の發見した橋は道の延長とは云へないのである。彼らの道さへも日本の道や東洋の道と異つてゐた。山あひ山がひの谷間をぬつてあまたの峠をこしてゆく道と、平原の一すぢに蜿蜒と拓かれた道の異りでもあらうか。東洋の橋が、さらにそれとも異つた殊に貧弱な日本の橋も、たゞそれがわれらの道の延長であるといふ抽象的意味でだけ深奥に救はれてゐる。羅馬人の橋はまことに殿堂を平面化した建築の延長であつた。思へば日本の古社寺の建築が今日のことばで建築と呼ぶさへ、私は何かあはれまれるのである。日本の橋の自然と人工との關係を思ふとき、人工さへもほのかにし、努めて自然の相たらしめようとした、そのへだてにあつた果無い反省と徒勞な自虐の淡いゆきずりの代りに、羅馬人の橋は遙かに雄大な人工のみに成立する精神である。だが一切の自然のもつ矛盾を人間によつて壓殺することに、その人工の勝利ののちの微な負目の心をつゆ思はず、專ら冒險心の誇りを感じつゝ、それを行爲した羅馬人の人文的征霸心はおろそかに思つてはならぬ。その羅馬の長い血統的な誇りは、悲しくも我強し、と歌はれた。どんな自覺の悲哀も、どんなめそ〳〵と濕つたものもこゝにはない。勝利のうらで敵に向つて考へることは、征服であり、輕蔑であつた。

時代と共に移つて橋は彼岸への架橋だけのものでなくなつた。いつか橋は防壘となつてゐた。橋がとりでの役をも兼ねたのは中世ゴテイク時代に於てであつた。史上に有名な僧院の鐘は、このとりでのために又その日のためにしば〳〵撞かれたであらう。その時代アジア的遠征に對するキリスト教の防禦を彼らは文化の防衛としてゐた。そのアジアの遠征は、アジアの生理とも云ふべき無常迅速の大衆的表現であつた。だが西歐が近東に發生した文化を防衛してゐたころ、そのころヘラスの藝術は、しかも十九世紀のヨーロッパの美術考古學者の考へによれば、天山の南北二路を通つて、むしろ東洋の文化の母胎の上で開花したといふのである。その經路はともあれそのころのものを云へば、これに等しい開花は、アジアの六世紀にほゞ完成してゐたそのかみの開花に等しい成果は、伊太利亞の第十四世紀が漸くに完成した。しかもその完成さへ、しば〳〵ルネツサンスの名でつゞく時代の先驅と云ふ、その輕快な歴史観が、ある時の私に悲しまれた。しかし今の私は乏しい空想力を暴露して回想に努めようと思ふわけでもない。見も知らぬ西歐の建造物を、僅かな銅版寫眞で限りなく樂しんでゐるに過ぎないからである。

だが代りに他人の試みた空想力の構成によつて、己の思ひを語るなら、大唐と印度に日本文化の母胎を尋ねた明治の岡倉天心が、今の西歐の首都の貧しさをあはれんだその思ひを敷衍したいのみである。おそらく天心はその時へラスの文化が東漸してきて開花したといふ通説の藝文史を考へ、又さういふヨーロツパ人の教説を反撥するために、むしろそれを消化する母胎となつた、より雄大な古來の文化を回想し驚異したと思へる。さうして彼のかいた美の世界史では、ギリシヤ藝術の傳播に關してあざやかな反對的斷案が下された。向うからきたといふことを、こちらから行つたといつても、今のところいづれが正しいか分らぬことである。さうして私らは天心のさういふ詩に永遠なアジアの眞理を味つた。さういふ詩から我らの暖い青年時代はいくたの挫折ののちに展かれたのである。今も私は專ら東西の文化が交通した最も太古の通路を考へてみる。アジアの東と西に於て同じ太陽の下に同じ日に生れた、これこそ既往に省み將來を慮つて、なほ唯一といふべき宗教と藝術の文化は、又唯一の古代の姿に於ける世界文化であつた。さういふ交通路が古くも開かれてゐたゆゑに、ヘラスの文化さへ奇しくも極東の日本の土壤に於て、千年の大昔の日に何かの開花をしたと云ひ、今日の私らさへそれを指摘し得たのであらう。アジアの二つの文化の交通路をくゞるやうに、ヘラスの火は微笑ましい犍陀羅《ガンダラ》びと問答師の傳說さへも生んで、アジアの極東にまでリレーされた。だがやうやく時代をへて、この西へいつた文化と、東へきた文化との交錯點にも當るところで、驚異すべき偉大な四辻が發見された。アジアの道は往復の國際道であつたが、西歐は一方の道であつた。近東アジアから入つた宗教のために道を開き、とりでさへ作つた西歐も、ヘラスを徒らに東へと追放してゐた。近世の大旅行家マルコ・ポーロさへ、その歸途はさへぎられて、彼らはこの大旅行家を誘つた蒙古人の文明をてんで考へなかつた。自ら自然な道はつねにゆきかへりのためにあつた。なほ遠ざかりゆく者のための道を思ひ得ぬことは、まことに時代と民族の不幸である。

近頃西歐に旅した武者小路實篤が、希臘や羅馬といふ普遍に驚くべき遺物に驚くよりも、思ひもよらなかつた埃及の文化遺址の偉大さに感動したとの便りは、最近この上なく力强い樂しい旅信の一つであつた。世界文化の未來と現狀を測るもの、漸く三百年の歷史をもつに過ぎぬ西歐精神であつたことは、十四世紀と東洋のために不幸であつた。西歐を知らない私は、たゞ恥しげもなく日本を知つてゐると語らう。粗末な西洋の寫眞で見、人によつて又は人の口にたよつて、樂しんでみたり驚いたりしてゐる。依然若い心には異國遠距離のものが樂しいのである。

まことに羅馬人は、むしろ築造橋の延長としての道をもつてゐた。彼らは荒野の中に道を作つた人々であつたが、日本の旅人は山野の道を步いた。道を自然の中のものとした。

そして道の終りに橋を作つた。はしは道の終りでもあつた。しかしその終りははるかな彼方へつながれる意味であつた。

日本の言葉で、はしは端末を意味するか、仲介としての専ら舟《ふね》を意味するかは、かつてから何人かの人々の間で云ひ争はれてきた主題であつた。橋も箸も梯も、すべてはしであるが、二つのものを結びつけるはしを平面の上のゆききとし、又同時に上下のゆききとすることはさして妥協の説ではない。しかもゆききの手段となれば、それらを抽象してものの終末にすでにはしのてだてを考へることも何もいぢけた中間説ではない。はしけが舟であらうとも、天の浮橋や高橋を一概に西南方民族が海よりきた日の日常の舟といふことは、古典人に於て現象が恆に象徵である意味を解さず、神典時代の抽象を了知せぬ卑近合理の説の嫌ひも思はれる。さらにいへば古典は過去のものでなく、たゞ現代のもの、我々のもの、そしてつひには未來への決意のためのものである。神代の日の我國には數多の天の浮橋があり、人々が頻りと天上と地上を往還したといふやうな、古い時代の説が反つて今の私を限りなく感興させるのである。水上は虚空と同じとのべたのも舊説である、「神代には天に昇降る橋こゝかしこにぞありけむ」と述べて、はしの語義を教へたのは他ならぬ本居宣長であつた。此岸を彼岸とつなぐ橋は、まことに水上にあるものか虚空のものか。物と口をつなぐはしをさういふ意味で解するのもよいが、やはり宣長は、「今の俗言に妻どひの初めをはしかけと云ふ」と説き、箸の二つよつて用をなすのが、夫婦の意に似たりと感心してゐるのである。

太古の諺に「神の神庫《ほくら》も樹梯《はしたて》のまゝに」といふのがあるが、この象徴されてゐる意味を少し考へたい。垂仁紀に、「八十七年春二月丁亥朔辛卯の日、五十瓊敷命、妹《いろと》大中姫命《おほなかつひめのみこと》に謂ひて曰く、我れ老いぬ。神寶を掌ること能はず。今より以後は必ず汝主れ。大中姫命辭びて曰く、吾は手弱女《たをやめ》なり。何ぞ能く天神庫《あめのほくら》に登らむや。五十瓊敷命曰く、神庫は高しと雖も、我れ能く神庫の爲めに梯《はし》を造《た》てむ。豈庫に登るに煩あらむや。故れ諺に神の神庫も樹梯《はしたて》のまゝにと曰ふ、此れその縁なり」と出てゐるのである。今ははしといふことばが抽象されてきた順序を考へてゐる。あるひは記の下巻高津宮の世の條に、速總別王《はやぶさわけの》が美しい女鳥王《めどりのおほきみ》を伴つて倉椅山《くらはしやま》を超えて宇陀の方におちのびられるいきさつは、すでに記によつて周知のことであらうが、そのとき王が進退にきはまつて倉椅山にふみ入られるときの御歌が二つある。日本の歌の枕詞を知る人はこれらの歌に古人の說き得ぬ意味を知るべきである。

梯立《はしだ》ての、倉椅山を、嶮《さが》しみと、岩掻きかねて、吾が手取らすも。

梯立ての、倉椅山は、嶮《さが》しけど、妹と登れば、嶮しくもあらず。

同じやうな例として神代紀下巻一書曰くに、國讓り傳說のところで、高皇產靈尊が大己貴神《おほあなむちのかみ》を諭されるところがあるが、その時、尊が神に示された條件の中に「夫れ汝が治《しら》す顯露《あらはに》の事、宜しく是れ吾孫《すめみま》治すべし、汝は則ち以て神の事を治すべし、又汝は天日隅宮《あまのひすみのみや》に住むべし、今供造《つく》りまつらん、卽ち千尋の拷繩《たくなは》を以て結《ゆ》ひて百八十紉《もゝむすびあまりやそむすび》にせん、其の宮を造る制《のり》は、柱は則ち高く太く、板は則ち廣く厚くせん、又田供佃《みたつく》らん、又汝が往來して海に遊ぶ具の爲に、高橋《たかはし》、浮橋《うきはし》、及び天鳥船亦供造《つく》らん、又天安河にも亦打橋《うちはし》造らん、云々」

とある。昔のふねが容器を意味し、はしが舟を意味したといつた説も、このあたりの記述や「故二柱の神、天浮橋に立たして」などを日常に舟と考へたらしいが、神話のもつてゐた言靈の象徴的意味からしてこんな説はあまりにも間に合ひに出來すぎてゐる。高橋、浮橋と紀に誌された橋も、まことに日常の舟と考へて安心すべき卑近のことばでなく、日本の橋であつた。ましてはしが何うであらうと上下へのゆききのための橋だてと、前後左右へのかけはしを思つて、はしを考へた上代人のあつたことだけは動かぬゆゑに、はしが仲介の具としてつひにはかなたへと結ばれる終りと端を意味したといふことは、抽象的に人文的に諾はれるのである。ものの終りのはしはどんなものの終りでもなかつたのである。

「神の神庫《ほくら》も梯立《はしたて》のまゝに」といふ諺は、こゝに於てはからずも深い意味がある。だからこれは太古の諺でもあつた。そしてかういふ諺があつたことは、橋といふ言葉が當時既に單なる端でも舟でもなくさらに以上な抽象語としてもあつたといふことを瞭らかに教へる。

食物の上に箸を立ててはならないといふのは、私らが子供心に教へられ、恐怖の氣味わるさを感じてきた土俗であつた。佛説のものか、神道の土俗か知らないが、盂蘭盆のお齋に麻幹《をがら》の箸を建てる土俗は、今も殘つてゐるのである。古い鎌倉のころの食膳作法には、貴人のまへで食膳に箸をたてるといふこともあつたらしい。だがもう我々はさういふことがどうして土俗で轉形して忌み出したか知らないのである。すべてがはしや箸や橋わたしなどいふ言葉の源の一つである。枕草子の、誓へ君遠つあふみの神かけてむげに濱名のはし見ざりきや、などの歌も、橋をそぶりのはしとことばの音の上だけで通はせたものではない。ことさらそぶりのはしを云ふことが、長い間に、ものの奥やさらに我と汝の關係の表現になつてゐたのである。

古い萬葉集に出てくる飛鳥川の石橋《いはばし》は人麿の歌の中にも歌はれてゐるが、それは水中に小石を投じてその上をとび越えてゆく、極めて原始のものであつたらしいとは、今日の土地の人々も信じてゐる通説である。そしてまことに日本の橋は貧しいと、ここで對句のやうに泰西のものに對して書く必要がある。それは一般に云つても我々の上代人は征服の愉悦にむしろ早く悲哀の裏面をみてゐた。「ブルータス、汝も亦……」はその人々にあつては終りにある言葉であり得なかつた。東洋文化には孤立の開花と凋落とがあつて、大衆による發見時代がつひになかつた。我々の歴史にさへないのである。現代の矛盾の發生、我國のそれは、文化的にルネツサンスを三段跳びしたことで、かくて近代國家となつた日本は、中世文化を血統の中にもたないでルネツサンスから始めたヨーロツパ精神に、己を接木せねばならなかつた。あの古いアジアの遠征のもののけにつかれたやうな無常迅速が、無氣味に疾走していつた大衆の動き、さういふものはむしろ欣求來迎と一重の精神に通じてゐたであらう。遠征さへもが征服や人工でなく自然であつた。さういふ文化がどんな形のものか果して今日の知識人は知るか。古の彼らはさういふ心ばへを肉體で知つたゆゑに、その教養のゆゑにもののをはりの悲哀を既に初めにみてゐた。勝利の後の京觀《けいくわん》さへ常に造られるものとは勝利者さへ考へてゐない。王者無敵とは權威の絶對專制の聲でなく、むしろその宣言がたゞ王の負目を作るものに過ぎなかつたことは、代々の歴史が明らかに示したところである。こんな東洋人は道のやうに自然なものの果に、自然なものの延長として、けだものの作つたやうな橋しか作れなかつた。しかしさういふところにある優雅にして深遠な哲學を今日の人々は考へねばならない。さういふ橋をたゞ抽象思辨したことは、神庫も橋立のまゝにといつた諺によつても知られるやうである。もうその頃では人が自由に神の國と地上國をゆききした時代ではない、もと〳〵一體だつた大君と神とが別々になられるころ、早くも人と神との交通に橋の尊い可能面が考へられてゐた。かゝる日本では人工さへその極致に於ては自然を救ふために構想せられたのである。生きとして生けるものの偽りないすなほさから發想された。しかも時代を經るにつれて、さういふことがらに當つて、人工と自然を専ら調和し、いづれをも微かならしめようとして、淡い透明の中間に心理の文學を描いた。さて日本の橋の見た眼の貧弱さはもはや何ともならなかつた。彼らは道を造るさきに、道を求めてゐた。生きものの拓いたみちを求めることに、絶大な信仰生活を燃燒させてゐたのである。それは昔の宣長が素樸な形で發見し、それ以上にはこの科學的思辨者さへもが何とも辯證できなかつたわが上代の自然觀である。

そして日本の橋は道の延長であつた。極めて靜かに心細く、道のはてに、水の上を超え、流れの上を渡るのである。たゞ超えるといふことを、それのみを極めて思ひ出多くしようとした。築造よりも外觀よりも、日本人は渡り初めの式を意義ふかく若干世俗的になつた樂しみながら、象徴的に樂しまうとさへした。この渡り初め式は伊勢の神橋のためしもあり、橋供養と共になつかしい我らの民衆的風俗であるが、帝都復興の永代橋の架橋の時は、英國風な打鋲式を模ねて、時の復興局長官が栱頂の最後の鋲を打つてゐる。

日本の橋は材料を以て築かれたものでなく、組み立てられたものであつた。原始の岩橋の歌さへ、きのふまでこゝをとび越えていつた美しい若い女の思ひ出のために、文字の上に殘されたのである。その石には玉藻もつかう、その玉藻は枯れ絶えても又芽をふくものだのに、と歌はれた。日本の文化は回想の心理のもの淡い思ひ出の陰影の中に、その無限のひろがりを積み重ねて作られた。内容や意味を無くすることは、雲雨の情を語るための歌文の世界の道である。日本の橋は概して名もなく、その上悲しく哀つぽいと私はやはり云はねばならぬ。

渡ること飛ぶこと、その二つの暫時の瞬間であつた。もののをはりが直ちに飛躍を意味するそんなことだまを信仰した國である、雄大な往還の大表現を日本の文學さへよう書き得なかつた。大戀愛小説の表現の代りに、日本の美心は男と女との相聞の道に微かな歌を構想した。日本の歌はあらゆる意味を捨て去り、雲雨のゆききを語る相聞かりそめの私語に似てゐた。それは私語の無限大への擴大として、つねに一つの哲學としてさへ耐へ得たのである。古い日本人のおもつたこのやうなゆきき、ことばでなされる人との交通を私らはすでに味はうとした。果して完成された言語表現が、完全に語られた散文形態が、人々の交通の用をなめらかにし、そしてかゝる言葉が橋の用をなしたか。ことばはたゞ意志疏通の具でなかつた、言靈を考へた上代日本人は、ことばのもつ祓ひの思想を知り、歌としてのことばに於て、ことばの創造性を知つてゐた。新しい創造と未來の建設を考へた。それがはしであつた。日本人の古い橋は、ありがたくも自然の延長と思はれる。飛石を利用した橋、蔦葛の橋、さういふ橋こそ日本人の心と心との相聞を歌を象徴した。かゝる相聞歌は久しい傳統と洗煉と訓練の文化の母胎なくしては成り立ち難い。だから日本の橋の人文的意味は、長い間に亙り、なほ萬葉の石橋にあらはれてゐる限りの哀つぽいものであるのもふさはしい限りである。だが私は今世紀の諸々の營みのために祖國の心情を恥ぢはしない。今世紀の科學的橋梁さへ、つひに同じ科學のために、橋梁の上に草を藉き蔦を置いて僞裝せねばならぬ不安に追ひ込まれてゐるのである。

ものをつなぎかけわたすといふ心から、橋と愛情相聞の關係はずゐ分に久しいもののやうである。古い萬葉の歌にも、もうすでにさういふ作品が少くないが、それがたゞに都の人々のみならず、東國の歌の中にさへ見出された。古今六帖に、津の國のなにはの浦のひとつ橋君をしおもへばあからめもせず、これは一つばしの橋である。源平盛衰記の通盛と小宰相局の話は男が大方に思ひあきらめて、我が戀は細谷川の丸木橋ふみ返されてぬる、袖かな、との歌を送つたところ、これが上西門院に知られるところとなり、女院が、たゞ憑め細谷川の丸木橋ふみ返しては落る習ひぞ、といふ歌を與へられ、通盛のために仲だちされたといふのである。萬葉集卷九の、河内大橋を獨り去《ゆ》く娘子を見る歌一首竝びに短歌の作はやはりこゝにもひきたい。特定の歌枕の橋を相聞に用ひるやうなことも、早く大たいのしきたりとなつてゐた。

しなてる片足羽河《かたしはがは》の

さ丹塗《に》りの大橋の上ゆ
くれなゐの赤裳《も》すそひき
山藍もち摺《す》れる衣《きぬ》きて
たゞ一人い渡らす兒は
若草の夫《つま》かあるらむ
かしの實のひとりか宿《ぬ》らむ
問はまくの欲《ほ》しき我妹《わぎも》が
家の知らなく

反　歌

大はしのつめに家あらば心悲《うらがな》しく獨りゆく兒に宿かさましを

一寸あらはになつかしい想像も出來るけれど、河内あたりの風光を知つてゐる私には、風景の聯想からも妙にうきうきしたノスタルヂアに似た心のあこがれさへ味へるのである。

枕草子の、橋は、の冒頭にもひかれてゐる、あさむづの橋は、越前にあつたとも飛騨のものともいはれるが、その橋が王朝の人々になつかしまれたのは、催馬樂にうたはれたやうな、古拙な地下のひゞきのなつかしさのゆゑであらう。

あさンづの橋の
とゞろとゞろと
降りし雨の

ふりにし吾を
たれぞこの
なかびとたて、
みもとのかたち
せうそこし
とぶらひにくるや
さきんだちや

さきの萬葉が男の飾らないあらはの聲に對し、これは哀愁にとみしかも全く新鮮な地下の女の、鄙びて艶のあるかん高なくどきである。あさみづの橋は忍びて渡れどもところところになるぞわびしき、といふ歌が夫木和歌抄の橋のなかにある。あさンづ、あさむづ、淺水のことである。萬葉集の東歌には、

かみつけぬ佐野の舟橋とりはなし親はさくれど吾《わ》は離《さか》るがへ

これも長い王朝時代を通じて愛誦されたものの一つと思はれる。かういふ歌をくりかへしつゝ、橋をイメーヂしてゐた時代を私は考へたいのである。さういふイメーヂをつくり、それを觀念でいぢればいぢるほどに、こんな歌は複雜な發想を、一つの言葉の中にたゝみ込む抒情を暗示するだらう。來るべき日になつて日本のことばで行はれてゆく政治も文化も苦しく、そのことばが何か大へんな重荷となることと思はれる。この複雜なことばは日本の近代政治を流産するだらうし、日本のことばの世界で始められる政治の表現も、途方

もない天才でも出なければ、もう何ともならぬことかもしれない、しかもこの重荷は光榮の父祖の歴史である。日本の文學も日本の橋も、形の可憐なすなほさの中で、どんなに豊富な心理と象徴の世界を描き出したかといふことは、もう宿命のみちのやうに、私には思はれる。それは立派な建造としての西洋や支那の橋とちがつてゐた。まづ寒暑を思ひ、その風景の中を歩いてゆく人を考へて、さういふおもひやりを描き込んだやうな日本の繪と、藝術といふ非情冷血のものにふさはしい異國の繪畫は異る筈であつた。日本の古代の橋が百姓に閑暇な九月十月のころの傭で作られたやうなことも、異國の政治文化とひきくらべると、まことに雲泥の差があらう。あの茫漠として侘しく悲しい日本のどこにもある橋は、やはり人の世のおもひやりや涙もろさを藝術よりさきに表現した日本の文藝藝能と同じ心の抒情であつた。

しかしながら、さういふ長い時代、主に王朝の女性教育によつて作り上げられた日本の美學は、そこにあるあこがれの心、不安のおもひ、ふかい無常觀をもつたエリヂウム思想、さういふところから、片戀や失戀をことの初めに考へ、うらみわびの心をさきに發想して、戀歌の中に終末感を歌ひだすほどに發達してしまつてゐた。さういふ一つとして、こゝで私はたゞ橋についての美學を云ふまでである。しかもことさらに美學といふ以上は、日本の橋を單純に近代の建築美學の一枝葉として、誰彼かの異國人の藝術學を我風土の生理に結びつけ、ないしはその應用をするだけでは、所詮無意味のことであらう。私はこゝで歷史を云ふよりも、美を語りたいのである。日本の美が、どういふ形で橋にあらはれ、又橋によつて考へられ、次にはあらはされたか、さういふ一般の生成の美學の問題を、一等に哀れで悲しさうな日本のものから展いて、今日一番若々しい日本の人々に訴へたいのである。

さきにひいたやうな歌のつゞきに、あの歌枕の三河八つ橋をいふのは、まことに順序のやうに思はれる。古い人々のおしつめていつた、人間生成の理法や、人生と愛情の生活の、複雑な分岐の仕方は、くもでにものをおもふと歌はれた、八つ橋の歌でみても、一端の明しとなりさうに感じられる。この八つ橋も往古のものはすでに早くなくなつた。中古の旅人にさへ、古の八つ橋は見る方法がなかつたらしい。伊勢、古今、古今六帖に見える八つ橋と、更級日記以後のものとは實物として異るとは、もう多く云はれたことであつた。伊勢物語に「水ゆく川のくもでなれば橋を八わたせるによりてなん八つはしと云ひける」とある、古の業平はその澤の木かげでかれひを食ひつゝ、澤のかきつばたをみて、その七つの文字をおいた一首の歌をよんだ。

から衣きつゝなれにしつましあればはるばるきぬる旅をしぞおもふ

八つ橋からくもでの方が表面に出るやうになり、多くの歌がつくられたのは、もう八つ橋を知らないころであらう。うちわたしながき心はやつ橋のくもでに思ふことはたえせじ、この歌は、つらき男にと題して、たえはつる物とはみつつさゝがにの糸を頼める心ぼそさよ、といふ歌を送られた男が女に答へたものである。戀せんとなれるみかはのやつはしのくもでにものを思ふころかな、さきのくもでに思ふとは、その内容の異ること今さらの註をまつまい。更級日記の作者は東國に下る時黒木を渡した濱名の橋を見たが、長暦年中上京のをりは、もうその橋はあとかたもなく、この度は舟にて渡るとかいてゐる。同じ旅の記に「八はしはなのみして、橋のかたもなし、なにの見所もなし」とある。しかもこの八つ橋が古い八つ橋でないとの說はすでに云つた。十六夜の作者阿佛尼は、まだ少女のころに海道を下つてゐるが、その記「うたゝね」には「これも昔にはあらずなりぬるにや、はしはたゞ一つぞ見ゆる、かきつばたおほかる所と聞しかども、あたりの草もみなかれたるころなればにや、それかとみゆる草木もなし、なりひらのあそんの、はる〴〵きぬるとなげきけんも思ひよらるれど、つましあればにや、さればさらんと、すこしをかしくなりぬ」とかいてゐる。このうたゝねの記は近頃私の愛誦した、末期王朝の崩壞するやうな心理文學的終末感をもつた物語だが、作者その人も可憐な伏眼がちのかしこい少女を思はせる。つましあればにやさればさらんと、などまことになつかしい可憐さである。この記の作者を十六夜と一つとするのは、たゞ單純に通說に從ふまでのことだが、十六夜の八つ橋の條では一首の歌をつけて、くらさに橋も見えずなりぬと誌してゐる。海道記の著者が、「幽士身を捨つる窮鳥に類して當橋を渡る」と云つて、「八橋よ、八橋よ、くもでに物おもふ人は昔も過きや、橋柱よ、はしばしらよ、おのれも朽ぬるか、むなしく朽ぬるものは、今もまたすぐ」とかいてゐるのが、何か眼さましい調子で記憶に殘つてゐるのである。古人の舞文のあとに、橋のあと、橋柱の殘礎、あるひはくもでにゆく水やかきつばたの殘るもののあるなしを云ふのも、大方むなしいことと私には思はれた。たゞ好事のまゝに、更級日記以後こゝを見聞した人々のたしかな文章から、舊事をさぐるやうなことも、數十種の文獻を通じて、反つて別の興味と成果を與へてくれるかもしれない。古來よりの海道の名橋では、やはりこのわびしい八つ橋が、一ばん日本のふるさとの匂ひにみちてゐた。ついでのことに海道の橋を考へても、矢矧の橋さへ義貞が足利軍を破つた軍談より、太閤記の方がなじみふかいだらうし、矢矧の語原が、日本武尊が此地で矢を作らしめ給うたことより起つたなどいふ傳説は知る人の方が稀であらう。濱名の橋が文學史上どんな名橋かといふことも、改めて云ふまでもないことである、東武に入ればその三大橋といはれた六鄕、千住、兩國はみな今の橋である。江戸日本橋が古の里程原標として著名なことは、これは周知のことのやうである。

橋はおろそかにして作られたものでなかつた。物と物とをつなぎ、ものを越えて渡す橋は、最も通俗の動物學書の中に誌すところでさへ、すでに猿の或ものはそのいくつかの方法を知つてゐる。甲斐の猿橋が、猿に敎へられてかけわたされたといふ山國のなつかしい傳説を云ふ迄もないだらう。推古の朝に我國に漂着した百濟の人芝耆麻呂は、顔に白斑があつたため辛く海に棄てられんとしたのを、己の技能を申し出て許され、初めて呉橋をかけたといふ、これは唐式の橋とも思はれる。しかしそのまへにも橋はあつた、神代に於ても、或ひは俵をつみ、弓を横へ、或ひは艀を編んで、橋とした。さうして橋より舟が古いと思はれた。

岩橋が羅馬の石造橋となり、蔦橋が近世の鐵の吊橋となるまで、架橋は羅馬人の唯一の歴史的獨占事業とさへみえる。橋梁の完成は人間の前世紀を征服する事業の一つであることを考へ、私は羅馬人の頑強な工人精神を輕んじはしない。しかし羅馬人の橋が豐富な美にめぐまれ、多彩の變化と纖麗の調和をなし上げたとは依然辯明し能はない。舟を浮べ筏を編み木を組んで日本の橋は、とのへられた。舟で海を渡つてきた民族の作つた自然觀と人工を考へるとき、私はこの纖細な渡海民の不思議な文化的强靭さにうたれるのである。しかし今のヨーロッパ人が、古代と中世の文化を血統の中にもつてゐたならば、第三帝國の思想もヨーロッパ精神も生れなかつたかもしれない。幸ひにも彼らはローマに憧れ、三位一體の教會の制度を憧憬するを得た。だから貧しい橋の作者日本人をも私らは殊さら恥ぢる必要もない。

わが國では大寶の制のころから、橋に對する設備は、民部省の司るものとして、官制上に明文化されてゐた。三大橋を定め橋吏をおき、木工寮の設もあつた。さうして諸國の橋は百姓の閑散な九、十月のころに修理することとなつてゐた。中世以降にも尚橋奉行の制が殘され、それが近世の橋番屋にまでつゞくものである。しかし一方僧徒等による勸進橋が、別の傳統を作つてゐたこともゆるがせにできない。さうして橋供養が、日本の民衆の一つの行事となつたのである。源頼朝が落馬し薨去したといふのは、相模川の橋供養の歸途であつた。建久九年冬のことである。さて橋の制は中世以後衰へ、その再びと、のつたのは織田信長より豐臣秀吉にかけてである。秀吉は三條橋に初めて石柱を使用するやうな工事をなしたが、德川氏の世には請負人を設けて、武士、醫師、神官、僧侶等を除く渡橋者から橋錢をとらすこととした。この制度はつねに假橋をつくり、いたづらに請負人をこやすこととなつたのである。永代橋墜落後漸くこの制も頽れ、ついで明治となつた。

史上で云ふ大化年間初めて作られた宇治大橋も弘仁の時の長柄橋も今の文明観からいへば、云ふまでもなく心細い木橋であらう。支那の石造橋を模して木のそり橋を考へた不敵な日本人である。何にその理由あつたかも知らないが、こんな橋が十九世紀の紅毛畫家を感動させたことは、何かしら我がことのやうに私にはなさけなく思はれた。數ある日本藝術の中で浮世繪を愛する紅毛人を考へても、そのために卑俗に犠牲化されてゐる本質の方の日本がわかるゆゑに、私は己と己が生國のためになさけなく思ふのである。だがこの頃には多くの日本人もそれらの紅毛の教のまゝに浮世繪のみを尊重した。日本の國立大學でさへ、浮世繪を研究した教授を收容してゐるのである。こんな私の國粹文化論は、今の識者たち、海外文化關係の協會員や日本文化宣傳員、あるひは觀光局員や私設文藝觀光局雇員諸氏の意見とはちがふであらう。彼らは今日の日本のために日本の前世紀を克服しようとはしないからである。彼らの夜明け前の克服は詩人の描くべき夜明け前でなくして、せいぜいのところ十四世紀をもたないでルネツサンスに入つていつた毛唐たちの口まね、彼らの亞流の所説との語呂合せである。

十八世紀の克服者と云はれ、歐洲を一單位とした近世唯一の人といはれるナポレオンは、巷說のまゝに從へば橋梁の歷史の中でも又近代の創始者である。この稀有の巷說によれば近代の鐵栱橋はナポレオンの發明といふのである。ものの終りにつなぎ仲介する橋は、彼岸に此岸を結び、あれとこれを同化させた。人間のみのもつ愛情の手だて、あるひは有形と無形との交通の形を示すものであつた。そしてこの冷たい愛情は常にものの終り、ものの別れゆかねばならぬところに具象された。この古代の架橋の現象はつねにやはり象徴である。その橋は主として水の上を越えたが、羅馬人の水道橋は奇しくも水を渡す橋であつた。つねに窮迫が橋を造らせた。羅馬の橋は久しく復興期に入つても變化しなかつたが、つひに十八世紀の克服者ナポレオンは、鐵の橋を新しい十九世紀のために發明した。それにも云はれるやうに窮迫があつたのである。たゞあの梁骨を露出し弱々しげに見える線の組み合す構成だけでなる鐵の橋が、羅馬の橋やその系統をひく復興期の石橋に劣らず、加重に耐へ長期に保つことの發見は、近世の見出した何よりも大きい矛盾の發見の一つである。あの線の構成に美を感じ强さを見ることは、羅馬石橋を知らぬ私らにはやゝ怛み易かつたかもしれないが、おそらく古きを知つてゐた異國人の一般にはその日からとはゆき難かつたであらう。始めて長崎の石橋眼鏡橋を見た橘南谿が「下より水あふるれば崩るゝ事もあれども、上よりはいかなる程重き物をのすといへど、動き破るゝ事なしといふ」と、その西遊記に誌してゐることを、こゝで考へ合せたい。この近代の鐵の橋の矛盾は十九世紀以後の人文精神に一つの意味を與へ、ついでその精神に陰影を加へたと思はれる。それに陰影をつけたものの一つであつた。

橋につきまとふ人柱《ひとはしら》も橋が激しい人工である意味を象徴してゐる。人柱こそ河上の橋のさきに、神と人との間に架けられた橋であり、犠牲であつた。仁德紀の茨田堤に河伯を祭つた二人の人柱はその中で最も古いもののやうにきいてゐる。たゞそれが堤であつたといふならば、弘仁の長柄橋の傳説でも考へるがよい。

萬葉集に、小墾田《をはりた》の板田《さかた》の橋のくづれなばけたよりゆかんなこひそ吾妹、と歌はれてゐるやうに、日本の橋は哀れに脆く加へて果敢ないものだつた。歎きの橋と歌はれた、ヴエニスの町の幽囚者と死刑者を渡した橋のやうに、代々の詩人旅人の驚異の情緒を織りこんだ永代の橋は求める方が無理である。文書に初めてあらはれる仁徳紀の十四年冬十一月の條の猪甘津《ゐかひつ》に架橋した小橋は今の鶴橋であるか、あるひは長柄橋かなどは考へず、小野小町が、しのぶれど人はそれぞと御津の浦に渡り初めにしゐかひ津の橋、と歌つたゆゑになつかしい。その床しさはまことに我らの思ひ描いたはしを歌つてゐるやうにも見える。大化二年の道登・道昭の宇治橋、宇治の橋姫の橋は、古今集に、さむしろに衣かたしき今宵もや我を待つらん宇治の橋姫、などと歌はれてゐる。日本の橋に較べるなら、支那の古代の石橋は極めて立派で文人畫の橋さへまことの矼であるから、それが私に不思議であつた。この石橋が秦始皇帝の創案であつたといふ傳説は、日本の一等古い架橋の記録である舟橋は日本武尊が常陸國相鹿《あしか》に創られ、又天正十八年豐太閤が洛の三條橋に石柱六十三本を使用して、我國の濫觴をなしたといふ話とともに私には特に心ひかれる。三條橋は欄干に紫銅の擬寶珠十八本をたて、その悉くに銘を附して、「蓋於㆓日域㆒石柱濫觴乎」と奉行增田長盛の名で刻してゐる。古代支那の名橋もすべて失はれ、天津橋下陽春の水、天津橋上繁華の子と歌はれた、天津橋はその斷址だけが殘されてゐるのを寫眞で見た。僅かに杭州の拱震橋や揚州の五亭橋或ひは、マルコ・ポーロの橋と云はれる北京の蘆溝橋などそれ〴〵になつかしい。日本の三つの大橋、宇治橋や勢多の橋、淀の大橋は今もあつてやはり美しいが、古の俤を今に止めるものは何一つもない。

古い由緒の長柄橋も、今では所在も様式もわからない、明月記には、その朽廢した橋柱で、後鳥羽院が文臺を作られた由をしるしてゐる。この詩文に一等多く歌はれた名橋も、大方の人々は知りもせず、見もせず、たゞなつかしい名のまゝに口にしたのであらう。公任のころにも、榮花物語の頃にも、既に「おとにきくながらのはしはなかりけり」のさまだつたらしい。ありけりとはしはみれどもかひぞなき船ながらにてわたるとおもへば、と、和泉式部は、親しくこゝにきて歌つたものであらう。公任のみたのも橋ばしらだけだつた。山崎、勢多、宇治と數へられた山崎の橋も、往古は橋吏《はしもり》のおかれた三橋の一つだが、近古以降廢滅して、たゞ橋本の名をとゞめてゐた。しかしさすがにこの名橋は、青史に橋歴を留めてゐる點で筆頭のものであらう。太平記以後、この橋も亦一つの時代を決定した。東國の兵が宇治勢多をうち渡つた代りに、西國の軍が、山崎合戰を爭つたのである。行基がこの橋をわたしたのは神龜元年とも、二、三年とも云つてゐる、造り終つて橋上で法會を營んだとき、俄に洪水があつて、多くの人が死んだといふ話も傳へられてゐるのである。濱名の橋は八つ橋と共に海道の名橋であり、その歌枕名所としての意味もいづれ劣らぬ程のものだが、今はいづれも湮滅し、八つ橋のみ有名なのはおそらく伊勢物語のもつ國民的名聲のゆゑであらうか。

さて、三つの奇橋として古來著名の木曾桟橋《かけはし》や猿橋、それに岩國の錦帶橋は現存してゐるのである。岩國の美しい木橋は、藩主吉川監物延寶元年に架橋したものといふ。諫早の眼鏡橋は長崎よりも古いとの説があつた。日吉神社の本宮橋、宇佐の呉橋、日光の山菅橋、等が古い橋の見るべきものかも知れない。最も山菅橋は枕草子などに誌された傳説の橋でなく、今の敕使橋である。この中で石を素材としつゝ、普通の石橋を築く代りに、木橋のやうに組みあげてゐる日吉神社の神橋に、この最も秀れた日本の橋の一つに、それ故に僕は悲しい日本の橋梁の象徵を見る思ひがした。この橋の架設は天正十四年勿論秀吉の時である。日本の名だたる社にはきつと神橋がある、天の浮橋の昔から、何を意味するかは語るものでもないが、この示された現象も亦象徵の意味深さをもつてゐる。

西洋の橋と日本風の橋とちがつてゐたやうに、その人文的意味、抽象の意義も違ふのであるである。たゞ越えて渡つてこちらからあちらへ、此岸より彼岸への交通といふ抽象の意味のためにだけ共通してゐた。この共通が共通とされ、そして自然と人工が諒解されるところ二つの象徵の意味がある。西遊記の佛説寓話の最後にかの師弟らが天竺の寺に着いたところ川向の寺は絶壁の谷をへだて、その上に細い竿橋があるのみで非常に困却するところが描かれてゐる。のみならず渡りえぬ橋のまへに困じはてた彼らを彼岸に渡さうとして、歌舞の天女さへ交へて岸につく救ひの舟は底なし小舟であつた。越えてゆけ、急いで渡りゆけ、彼岸へ、もろびとのともに、と歌はれたのはわが國の大乘の空觀の彩りをもつてゐる。その彩りの中では彼岸は以上であるなどとこと改めてとく必要もなかつた。しかしかういふ橋の意味の陰影の中で、まだ近世にまで日本の橋に現れた女人の菩薩行を考へることは無意味でない。彼女らは、成道の信仰をもつてゐた。露骨にいへば橋に現れた遊女や歌姫の氣持に菩薩行の精神のあつたことは、この頃までの事實である。ところが、源平の昔から日本の戰の多くは橋をこぼつて戰はれた。宇治の橋、勢多の橋と考へるとき、有史以來始めての大會戰として史上にその痛ましい記錄を留める壬申の亂の終末決戰も勢多の橋で戰はれた。元和二年丙辰こゝをすぎた林道春は、勢多は古戰場なりと咏嘆し「承久の役には皇輿の敗績して、外に蒙塵ありしことをかなしみ、孝謙の御宇には內相が奔らんとするに橋絕えて、高島にて亡びし事をよろこぶ」とかき、つゞけて壬申の御事を誌して「太弟の兵かつにのりて、皇子敗北して竹中に入て伯林雉經の跡をふめり」とのべた。その時の卽詠の下句に、積骸は橋となり血は水と爲る、すべて勢多橋下流に入る、と吟じてゐる。その時の流れに世の無常を思ひ、橋上に彼岸を味ふにも、最もものゝあはれにとむものは、日本の橋のすがたである。東關紀行の作者はこの橋上に立つて滿誓沙彌の歌を思ひ「漕行舟のあとのしら波、誠にはかなく心ぼそし」とのべた。いはゆる夢の浮橋とは、この勢多橋を云ふとの說もあつた。源氏終巻を夢浮橋と云ふのは、古よりとき難いこととされてきた、浮橋は生死のおこり、煩惱の根元也、夢とは世間出世の法、皆幻の如し夢の如しと解したのは古い河海抄であるが、湖月抄あたりでは、夢の一字の外は別の心なしといつてゐる。定家の名歌に、春の夜の夢のうきはしとだえして嶺に別るゝよこぐものそら、これは著名の名作である。尤もゆめの浮橋、かさゝぎのわたせる橋、雲のかけはし、もみぢのはしなど、語源と派生の意味を分たずに、わが王朝の美學とも云ふべきものであつた。しかも浮橋が、うれひの意をもたされさらに下つた近世風の語呂合せから憂きはしと書かれてゐるものが例の文化四年八月二十八日、深川八幡の大祭の日に、永代橋の崩れた事件を誌した文章の中に見出された。その時の死者は三百とも四百とも又七百とも傳へて、まことに未曾有の大事件であつた。

さて古くからの戰ひに橋を破壞して守らうとしたものは、きつと敗れたといふのは、たゞ日本の自然觀から導き出した説でなく、近來兵學の定言のやうにきいてゐる。日露の役に鴨綠江を渡河した黑木將軍の、その戰の光榮の意味はしばしば私の語つたところである。橋は人間の交通を語つて人生過現未の往來をさへ教へた。傳説の橋としては源氏の宇治の巻に、ゆくは歸るの橋と語られた一條戻橋。古い緣起の勝道上人の山菅橋。直江津荒川の應化橋は安壽津志王が山角太夫に遭つたところである。熱田講式に一切衆生は裁斷橋を渡ると書かれた精進川の裁斷橋は母が子の追善供養に架けたものだが、駿河白子の僞橋《いつはりのはし》は子が母の追善に架け、いきてだにかけて賴まぬ露の身を死しての後は僞《いつは》りのはし、と歌つてゐる。僧侶の勸進橋は古いが、私人造橋の記錄も、延曆年中越後蒲原の人三宅連笠雄麻呂を初見として、近世では畸人傳中の人美濃の佛佐吉のなつかしさにまで及んでさまざまである。京の三橋は牛若が辨慶に遭つたといふ五條橋のお伽話だけでも日本の世々の少年少女の橋である。三條橋畔に立つてゐる高山彦九郎の皇居を拜跪する銅像は、少年の日に知つて、しかも人生の危機に思ひもかけずに想起されるやうな異常な記憶の一つとなるだらう、あゝいふたつた一行の文字で表現され、しかも無數の大衆と結びつくやうな、文學、物語でもよい、さういふものが、世の中にあるといふ事實が怖ろしい。高山彦九郎について人の知ることは、幕府の世さかりに、三條の橋上からもれる皇居の燈を拜したといふ、僅かに一行の物語である。これはおそるべき文學の一例である。一條戻橋は、さすがに京の橋だけあつて、日本の少年少女の熟知する二つの中世の傳説をもつてゐることは偉とすべきものであらう。渡邊綱が名刀鬚切をもつてゆくとき、夜陰に女性の形をした鬼にあつたといふのがこの橋であり、はるかな昔安倍晴明が己の使ふ十二神將を橋下に呪縛したといふのもこの橋である。晴明の妻が十二神將の顏貌に怖れたからだといふ、その十二神將が治承二年十一月十二日中宮御產のとき、十二人の童子に化身して、京の町を西から東へ口占を云ひつゝ、風の如くとび去つたとは、源平盛衰記の話である。さて戻橋が橋占の名所となつたのは、恐らくこの晴明のためであらう。たゞ橋占は世の少年少女には不用である、少くとも入學試驗といふものが、日本の少年少女を苦しめるといふ考へ方がなくなれば不用であらう。橋占、辻占などといふものは、戀をおもふ少女や冒險を考へる若者にときに入用と思はれるものであつた。

日本に現存する一番古い石橋は寛永十一年支那僧如定が支那の石橋の法を以て架けたといふ長崎の眼鏡橋であらう。昭和十一年の早春長崎を訪ひ、思ひ出を作る下心でこの橋上に立つと、汚く穢れた小川の流れが悲しく思へた。滿潮時に橋のアーチが水面に映えて宛ら眼鏡の形に見えるといふ、その滿潮の時につひに會はないで、美しい夕方であつたから、私は小ぎれいな家のある町の方へ歩いていつた。古都の奈良には不幸にも橋がない。古い名所の川の率川や佐保川もこれかと思はれるほどに心細い小川である。飛鳥藤原京では、昨日の淵はと歌はれた飛鳥川も、當時は舟遊の舟を入れたといふが、今は萬葉の考證を殘してゐるにすぎない。宇治橋斷碑は我國最古の碑文であるが、その發見された寛政三年、既に文字は帝王編年記によつて補はねばならなかつた。この斷碑を殘してゐる橋寺放生院へも何度か行つた。道登の宇治橋架設のことは靈異記にも誌されてゐた。僧侶の勸進橋を創るのはこれが創始でありその後行基や日光山開基の勝道などがあらはれたのである。しかし正史では宇治橋の創建を道昭とし、斷碑の銘文は道登の名のみをあげてゐる。卽ち古くより編年記の銘文によれば史にもとり、史に從へば銘文にもとるわけであつた。古京遺文の著者は、この斷碑の發見を嬉んで、この一片無言の石によつて、千歳の謬を正すを得たと感動した。斷碑は永く橋詰の石垣につみこまれてゐたが、洪水にくづれてみだされたと云はれてゐる。古の宇治橋は今の橋より上二町ばかりのところにあつたらしい。天智紀にはこの宇治橋の童謠が出てゐた。都の入口にあつた宇治勢多の二橋は壬申の亂より王朝時代の河畔の雜遊、賴政、源平合戰、承久の戰、太平記時代とへてくれば、その橋の描いてゐるのは、一つの日本の歴史の縮圖であつた。いつも重大な決戰は、この橋をうちおとして、矢合せられたのである。

京都の現在の橋をあげると、三條、四條、五條、それに觀月橋、高瀬舟のなつかしい伏見の京橋、又は嵐山の渡月橋。御幸橋の名のあるこの渡月橋は十七の少女横笛が入水したところである、「朽葉色の衣をば柳の朶にぬぎかけ、思ふ事ども書付けて、同じ枝に結びおき」と盛衰記に書かれてゐる。現代の歌人吉井勇が、夢窓國師も舞姫も渡りし橋の、と歌つたのもやはりこの橋であらう。山崎の橋をとらないとき、本邦三大橋の一つにあげられる淀橋もこゝ、京洛名所圖會の中へ數ふべきかもしれない。ある初夏のこと宇治の近く奈良街道を歩いてゐた日に、綺田の蟹滿寺から一休寺の方へ出る途中で水路橋を見たことがあつた。木の柱で支へた心細い用水橋である。暑い日であつたから、かすかに落ちてくるしぶきを喜んでま下に立つて體を濕めしてゐたことを憶えてゐる。水と橋の都大阪の橋は長柄は別として、天滿、天神、難波それに大阪らしい淀屋橋と數へられるらしいが、十萬堂が四つ橋を四つ渡りけりと吟じた浪花の四ツ橋も今は混凝土造りとなつた。蕪村が春風馬堤曲に歌つた土地といふ毛馬のあたりは、彼の春情學び得たり浪花風流《ふり》の嘆きともども、今の毛馬閘門あたりの近代色に變化してゐる。浮世繪の橋、この架橋の様式は近代の鐵橋のはかない先驅か示唆のやうなものと附會して、せめて哀れな國粋橋梁學書の巻初におくべきである。

心細い橋を語るのも下手もの趣味のわけではない、日本の橋の實狀を語つてゐるゆゑ、なか〳〵語ることも下手物めくだらう。せめてその中に古來の人が聲をからして説いたつゝましい日本の自然觀を見てほしい。彼らは拒絶を知り洗煉を知り、搾作を知り、そしてつねに大衆を輕蔑しえなかつた。意味や内容の物語の代りに、それらを殆ど零にまで透明化し、意味や内容や思想のもつ美しさの暗示のみに信頼した。その美しさを認める大方の大衆の眼を信じた。芭蕉が語つて貫通するものは一なりといふ如く、それは美を防衞する過現未の血統への信頼であつた。一本の鍼をうつ心、それは手さぐりでつねに灸所にうつときのみ回生の力あることを知つてゐたのである。

新羅の古都慶州にある佛國寺の靑雲橋白雲橋はむしろ梯立や階といふ方がわかりよい。まだ道と水路との區別もないのが鮮内の少し奥地の實況である。だが數年まへ私は慶州の近くで南の蚊川を人の肩にのせられて渡つた。そんな中古の風があちこちにあるわけでないが、橋のない所に行き會つて、たまたま呼んで尋ねた土地の人が肩で渡してくれるといつてきかないのであつた。物々しい封建の風を思ふ大時代の回顧はなく、旅心に一つの感傷だけを味つた。この川に古都の新羅の遺跡として、日精月精二橋の橋基がある。土地の口碑によると、昔々西岸に住んでゐた一人の寡婦が、いつか對岸の男と親しくなつて夜毎にこの河を越えて男のもとに逢ひにゆくのに、その寡婦の息子たちは母が徒歩で水を渡つてゆくのを危み憐んで、その母のためにこの石橋を作つたと云ふのである。だからその行爲の結果からこの橋を今でも孝不孝橋と呼び慣らはしてゐる、とやはり土地の人が聞かせてくれた。男と女との間に、かういふ壯大な橋を作つた古朝鮮びとがほゝゑましく、その傳說の口承者たちを私は無上になつかしんだ。

小大君の歌、岩橋の夜の契りも絶えぬべしあくるわびしきかつらぎの神、は古くより有名な相聞の名歌の一つであるが、これを並べてわが國ぶりの美しさをこゝに描きうることを、はるかに私は喜ぶのである。小大君集の歌人、三條院女藏人左近のうたである。葛城の神が一夜のうちに作つたといふ岩橋は、今も葛城山に祭祀される。むかし大和に役優婆塞といふ行者があつた、孔雀王呪法を修持し、ある時吉野から葛城へのかよひぢに、石橋をつくることを考へ、日本國の神々を祈りこうた、かつらぎの一言主神といふ神は、よいことも悪いこともたゞ一言といふ神であつたが、自分の顔が醜くかつたので、夜の間は働き、日中はかくれて出なかつた。しかし行者は仕事のはかどらぬことをいとひ、晝もわたすやうにとせめたので、他の神たちも行者の强制に怖れて時のみかどに、行者が王位をかたぶけんとしてゐると訴へ出た。そこで行者は捕へられ伊豆の國に流された。しかし神たちはなほ安心できず、命をたゝるべしと奏したので、再び使が伊豆にゆき劍を以て殺さうとしたところ、劍が折れて用をなさなかつた、みかどは初めて行者に罪なく、神の訴へのあたらぬことを知られて都へ召しかへされた。そののち行者は護法をもつてかつらぎの神をしばり、唐へわたした。これは金峯山の緣起をひいた奥儀抄の歌の解である。小大君の歌は夜があけると私のことなど忘れてしまふのでせうと、横目でうらんだ濃艶さと、しかも弱々しい女心の熱情が、永く人の口から口へと傳へられたものであらう。くめぢのはしの歌枕は大和と信濃の二つにあつたらしく、大和の方は中絶ゆる戀に歌ひ、信濃のものは絶えないものに云つたなどの說もあつた。左近は嫋々の思ひを、あひ見てはあはじと思ひと歌つた人のごとく艶にかこち、あける夜の短さ、後の朝の嘆きに、早き夜の早さを惜んだ。ことわけてみればまことに拗つこいくどきである。しかし複雑な思ひを短い中に現し、何もかもを犧牲にして、意味さへも淡くすることは王朝の文化の精髓であつた。かつらぎの神の一夜作りの岩橋を考へて、架けをはりもせず明ける夜を嘆く。古い青丘の口承者に較べ、こゝに日本の王朝の嘆きの心の場所と構造をみるべきである。

だが橋の歴史にもさして獨創のあつたわけでない、葛籐の吊橋、丸木の橋、石造の橋、つひに近頃の鐵の橋と數へても僅かな期間である。岩山の上にさへ自らに生物の拓いた道がある。空をゆく飛行の道も太古の空想を追ふのみで、傳説の詩人の聞いたといふ星辰の運行する協和音は未だにきゝえない。舟車や道や橋から、空をゆく道を思ふまで、考へてみると自然が乏しいのでも、人工が豊かなのでもない。長いとも云へぬ期間の出來ごとにすぎない。空をつなぐ道――まことに今日では道と呼ばれ、たしかにそれは人の拓いた道でなく、自然にあつた道らしい、海にもある道のやうに――その空の道よりも橋はたゞ古いゆゑに思ひ出の中で磨がれてきた。橋は、あさむづの橋、長柄の橋、あまびこの橋、濱名の橋、ひとつ橋、佐野の舟橋、うたじめの橋、轟の橋、小川の橋、かけはし、勢多の橋、木曾路の橋、堀江の橋、鵲の橋、ゆきあひの橋、小野の浮橋、山菅の橋、名を聞きたるをかし、うたゝねの橋、と枕草子に書かれてゐる。王朝の女流詩人のやうに、今だつて美しい名の橋を樂しむのみである。音にきく、といひたいやうな北京萬壽山宮苑の支那式各種の橋梁を思ひ、こゝで私は普通日本庭園に使用される橋の名まへをあげる、石橋、欄干橋、小羽根橋、組出橋、巖海《がんかい》橋、汐見橋、紫太橋《しだばし》、覗橋、巖海土橋《がんかいどばし》、俎橋、連尺橋、八つ橋、雲帯橋、夜の岩橋。多武峯の美しい屋形橋を思ひだしたついでに、近松が天の網島でかいてゐる名殘の橋づくしでも、上方文化のために考へるべきか。信濃路は今のはりみち刈株にと歌はれた信濃木曾の棧橋《かけはし》は古來から知るも知らぬも語つてきた奇橋の隨一であつた。ところで海の西へといつた求道僧は地上に棧を作つてゆかねばならぬ、荒廢の自然と奇怪の風習を驚奇にみちて報告したのである。かけはしやいのちをからむ蔦かづら、と芭蕉の吟じたのも木曾の棧橋らしい。高原や立山の藤橋はものの書につたへられてゐるが、われらの郷國の山地にもあつた、綱橋、蔓橋と數へてくれば、橋といふものの概念さへだん〳〵に抽象的に危くおぼつかないものとなりすぎる。親不知の海ぞひの道の窟は一體道か橋か。

昭和十年の初秋のころに東海道の由比蒲原の間が崩潰した。それが漸く開通した最初の日に特別急行列車で私はそこを過ぎた。あの海に展ける濱邊の鐵道線路も美しい所といふべきか私は迷ふのである。車窓の風景を云へば古い須磨明石の名所から山陽線の廣島あたりまでの一帶が一等平凡に美しいかも知れない。山陽線も廣島を過ぎて西へ行けば次第にわびしい。昭和十一年の早春三月その線を旅してゐたが、小郡といふ驛で隣り客のよんでゐる新聞を覗いてゐて、初めて牧野信一の死を知つたのである。

今は山陽本線の車窓から錦帶橋が見える、これは數年のうちに本線に變つたのだらうとこの間初めて氣づいた。猿橋も中央線から見えるのだ、その中央線も鹽尻から西が山と水との景色の變化にとんでゐるが、トンネルの多いのがめんだうである。しかしトンネルが多いといへば山陰線には閉口する。餘部の陸橋は名高いが、名高い故に初にはあつけなく、瞬間ののちに感心したことを憶えてゐる。この橋は橋錢をとつて汽車の通らぬ間は通行を許してゐるといふやうな話もきいた。山陰の都會は皆々わびしく松江へ行つてやうやく救はれる思ひである。小泉八雲の舊宅を出て松江の大橋を歩いてゐるうちに、あまりの暑さに思ひ切つて隱岐へ渡る決心をしたのはずつと數年以前の眞夏の日であつた。それは北陸の都邑もやはりわびしく新潟の町さへも金澤にしてすらも、眞晝に見るべき町でないと思はれた。新潟では信濃川の萬代橋よりも、花顔柳影に、と歌はれた掘割の柳のほとりの木のかけ橋が夜のことゆゑか、美しい限りに思へた。北陸の大河のそれ〴〵の橋の名もあげるのがわづらはしくなつてきた。糸魚川の近く白馬の見える姫川を歩いてゐるとき、橋のたもとに傳染病の注意書と女角力の番附廣告が竝んで出てゐたが、北陸らしくまことに樂しかつた。信濃川分水路のあたり國上山の見えるところも美しい。それは實地の美しさよりも思ひ出の形で殘つてゐる。九州の田舍も貧しい、川内へ汽車が入つて行き、初めて白壁に瓦葺の日本の家のあるのを見たとき救はれるやうな思ひがした。畿内でも大和河内あたりの、眼のとゞく限り耕された土地ばかり、眼を遮ぎる木立や林さへない風景、その中の美しい白壁と、農家の特殊な切妻形の藁葺屋根に瓦葺の飾りをつけたりした家々も、他で見られぬ日本の田舍といつた感じで、まことに古畿内の古い文化のやうに美しい眺めである。さういふ風土に私は少年の日の思ひ出とともに、ときめくやうな日本の血統を感じた。しかしこれはこの日本の故鄕を自分の生國とする私だけの思ひだらうか。殊に夏のぎらぎらした炎天の下にあの一望の耕しつくされた田畑をみてゐると、すべてが乾燥しきつてたゞ強い陽炎だけがゆら〳〵燃えてゐるやうな、大和國內《くんなか》や中河内の風景は、風景といふ感じを殺したはてのすさまじい人間の純一徹底した營みの集積の、現物證明のやうに思へて眼が眩むばかりであるが、東京に生れて近代教育をうけた友人などは、いづこをみても原野も木立も荒地もないこんな營みに、人間の汗の匂のしみきつてゐるのが煩はしくて好まないと語つたことがある。ところで越後の方から信濃の山に入つてくる沿線も通るたびに驚くことは、あの高い山の頂き近くまで刻明に段耕していつた人々のあとである。それは凡そ想像され一般的に情緒化された信濃路の風光や人文狀態と比例してゐないし、さらにあのやうな懸絶した對比は私などにはまことに苦手であつた。古い王朝のころから、みちのくとしなのは、ある異なる風土として詩的になつかしまれてゐたのだから、今日の風も昔のまゝの古い傳統である。古畿內の地が寸土を餘さず耕されてゐることには少しも不思議を味はないが、信州では元々の豫想の中になかつたせゐか變にきつく壓倒されるものを味つた、全く耕作の法をすてた耕作であるし、地上の町々にしみついた人文とも歷史とも平行してゐない感じである。信州の人は理窟を云ふことが何よりも好きで、さういふことに文化的な誇りを感じ、東京の流行文化を一番に反映するのは信州青年だときいてゐる。こんな事實にもいつも壓倒を感じた。

美しい傳說と名所の橋はやはり關西に多かつたのである。泉州の千貫橋のやうに沈香でつくられてゐたやうな橋もあつたとしても、つひに木を喬《たか》く作つたといふ限りのわびしい日本の橋には、歌枕の思ひ出と抒情でしか橋の名所もあり得なかつたからだらうか。廣重の描いた花火の繪などにある兩國の橋にして、思ひ出のない私にはさして懷しいとはみえない。今の東京の橋が近代文明化したなかで、京大阪ではやはり古橋の俤を殘したか。僅かに神社佛閣の信仰上の飾りであるものだけが、古物と遇されて救はれてゐる。もうずつとまへのことだが、大阪醫科大學病院のある田蓑橋あたりに立つて、これが日本の都會かと驚いたこともあるが、東京の常盤生命保險會社の建物の露臺に立つたときも同じ驚きを深くした。東京の橋が名殘もなく近代文明化したことは、それとしてよいことで、いさゝかも以て日本の橋の意味を低くしたわけはない。東京では一等古い六鄕の橋など、今ではゴルフ場などが車で走る窓からながめられ、立ちつらねた立派な工場に驚くだらう。宮城まへの風光はその莊麗さに於ても語るまでもなく、その二重橋が、俚謠にさへ、國がらの橋とたゝへられてゐるのは、またいふをまたない。倭姫命が御裳をそゝがれたからといふ傳說をもつ御裳濯川の宇治橋と共に、これはまことに國がらの橋である。今殘る東京の橋の中で、一ばん優美な橋はやはり赤坂の辨慶橋であらう。春宵微雨のときなどには全く現代版浮世繪を思はせる。東京に石造のアーチ橋の出來たのはたしか明治六年萬世橋を始めとしてゐるときいたが、その時石橋を作る工人をさがしあぐんだ末に、わざ〳〵長崎から石工を呼んだといふ巷の話は、眞僞こそ知らないが、眼鏡橋の傳統をつたへてきた彼らを思ふとき嬉しい思ひやりをもつた都人の噂である。地震のあと隅田川に架けられた近代式な橋は、近代文明橋梁の見本展覽會のやうである。相生橋、永代橋、淸洲橋、藏前橋、駒形橋、言問橋といつた名はみなよい名であるし、昭和二年に架橋された淸洲橋など美しい橋の一つであることは間違ひないが、復興建築のつねとして周圍との調和や四邊との美觀など考へてゐる暇のなかつたのも仕方ないのである。見本であつたが誰もそれを不審とせず、杞憂した少數の人々の聲といふものは、つねに當路者のまへで無下に退けられるのが、今の世の習慣であるといふことも充分に示された。たゞ人々は不審とする代り喜んだ、私らも世情萬般に不審とせぬことの方になれて了つた。命令をうけ教説をきく方になれた、このだらしなさは世の常の精神力ではおひ放ち得ないらしい。都人はこの田舎者を驚かすに足る立派な近代橋を誇り喜びもしただらうが、今なら朝夕に見又何心なく渡るだらう。京阪の風水害で京都の橋の大半が流されたのは昭和十年のことである。その夕べの新聞で愕き、心から惜しまれてならなかつた。あのあたりには他よりなつかしい身寄りの者もゐたが、その水に生死を賭してゐるかもしれぬ人々の安危を思ふまへに、私はくりかへして橋の復興を案じてゐた。暮しをくつがへされた人々を思ふよりも、生命もなく美的藝術でもない橋を思つて、何にもならぬことを僞りない本心で案じてゐた。

私らはもう自然に道を何心なく歩く、何の感謝もなく橋を案内してきた。せい〴〵橋の美學を語り、僅かに人文の發展をかへりみて、ときに歴史に驚く瞬間をもつ機縁を作ることあるに過ぎない。踏切よりも果無い、橋さへこんなものとなつた。たゞ道より橋は新しく、つねに橋は道の果に、以上へのためにあつて、流れを越えるものであつた。だが道を云ふ君子人たちも橋については語り惜しんだ。自然に近いものと人爲に近いものとの待遇上の差といふだけのことではない。しかし自體としての道さへ、たゞ生命と、生命の所有者との區別を無際限に許容したとき、あるひはその種の判斷中止の手續きを終へて自然としたばかり、依然自然に反して作られた第一段階の建設であつた。それは人工を透明化し長い訓練の時代をへて自然としたものに過ぎぬ。專らかかる人工を自然ならしめよ、かゝる植物化の精神を尊重せよ、とその思ひのために洋の東西で橋は異つたものにまで一應は構想せられた。道を求めるか、道を拓くか、世界の中で人間を救はうとするか、世界から人間を救ひ出さうとするか、東方の他力信仰や佛陀の教へに强烈の人間の意志のないといふのは僞りである。虐殺と蹂躙は激烈な精神の反映であらう。いづれかゝる構想には、さらに單なる比較に於てさへ、人間のもつ負目の自覺のゆゑに血を流すべきである。ましてその血を測つた人さへもあつたから、改めてこの長い期間を考へ、空しいつひえにすぎぬなほ新しい血を流すことを、私は又人類の意志するもののために、他人とともに我身にも强要するのである。末期封建の世の德川政府さへ架橋を政策上なさないで大水のあと日は通行を止めてゐた。最も自然な生活を樂しんで、川止めの日は人間の遊びに對岸の橋本の宿場などで過された、征服を思ふ代りに樂しみを作る口實とした。かゝる不自由をなほ日本人は不思議とせずに樂しみとした。さういふとき制約についての近代の知識をのろまに語るのもよい。

架橋の要求した人柱も既にいふごとく人爲と人工の意味の反省を深刻に象徵した結果であつた。古典の神話時代に於ては、一つの現象はつねに象徵である位に文學的であつた。さういふ一切の現象が本來にものごとの深所でもつ悲劇といふものを、しば〳〵開花として詩人は歌つた。かゝる悲劇はつねに詩人と大衆の見る悲劇を意味した。たゞ詩人は開花の下に悲劇をみた。それは大衆の見る必要ないもの、大衆は光榮の開花の恩寵に、專ら忸れ親んで樂しめばよいといふなら、正しくもその通りである。

日本の橋の一つの美しい現象を終りに語つて、現象が象徴となつた、雅名の起原を述べたいと思ふのは、これも乏しい日本の橋のためである。名古屋熱田の町を流れてゐる精進川に架せられた裁斷橋は、もう昔のあとをとゞめないが、その橋の青銅擬寶珠は今も初めのまゝのものを殘し、その一つに美しい銘文が鏤られてゐるのである。和文と漢文とで同様の意味のことが誌されてゐるが、漢文の方はしばらく措き、その和文の方は本邦金石文中でも名文の第一と語りたいほどに日頃愛誦に耐へないものである。

てんしやう十八ねん二月十八日に、をたはらへの御ぢんほりをきん助と申、十八になりたる子をたゝせてより、又ふためともみざるかなしさのあまりに、いまこのはしをかける成、はゝの身にはらくるいともなり、そくしんじやうぶつし給へ、いつかんせいしゆんと、後のよの又のちまで、此かきつけを見る人は、念佛申給へや、卅三年のくやう也。

銘文はこれだけの短いものである。小田原陣に豐臣秀吉に從つて出陣戰歿した堀尾金助といふ若武者の三十三回忌の供養のために、母が架けたといふ意味をかき誌したものだが、短いなかにきりつめた内容を語つて、しかも藝術的氣品の表現に成功してゐる點申し分なく、なほさらこの銘文はその象徴的な意味に於ても深く架橋者の美しい心情とその本質としてもつ悲しい精神を陰影し表情してゐるのである。此岸より彼岸へ越えてゆくゆききに、たゞ情思のゆゑにと歌はれたその人々の交通を思ひ、それのもつ永劫の悲哀のゆゑに、

「かなしみのあまりに」と語るこの女性の聲は、たゞに日本に秀れた橋の文學の唯一つのものといふのみでなく、その女性の聲こそこの世にありがたい純粋の聲が、一つと巧まなくして至上叡智をあらはしたものであらう。教育や教養をことさら人の手からうけた女性でもあるまいが、世の教養とはかゝる他を慮らない美しい女性の純粋の聲を私らの蕪れた精神に移し、あるひは魂の一つの窓ひらくためにする營みに他ならぬ。三十三年を經てなほも切々盡きない思ひを淡くかたつてなほさらきびしい、かゝる至醇と直截にあふれた文章は、近頃詩文の企て得ぬ本有のものにのみみちてゐる。はゝの身には落涙ともなり、と讀み下してくるとき、我ら若年無頼のものさへ人間の孝心の發するところを察知し、古の聖人の永劫の感傷の美しさを了解し得るやうで、さらに昔の吾子の俤をうかべ「即身成佛し給へ」とつゞけ、それが思至に激して「逸岩世俊と念佛申し給へや」と、「このかきつけを見る後の世の又後の世の人々」にまで、しかも果無いゆきずり往來の人々に呼びかけた親心を思ふとき、その情愛の自然さが、私らの肺腑に徹して耐へがたいものがある。逸岩世俊禪定門といふのは金助の戒名である。

戰國封建の世といへば、義のためには落涙をかくして吾が肉親の愛子さへも殺し、顔色を動かさずして夫の死の戰ひの門出を祝ひ送ることを誇りとも美しさともした武士の妻たちによつて、云へば美しく悲しい色に彩られてゐるが、私はさういふ時代の雰圍氣のなかゆゑに、この一つの短い銘文に激しく心うたれてならなかつた。それは反抗でも抗議でも、さらに果無い反逆でも、まして又大仰に語られるべき個性解放の叫びの萌しでもない。久しい昔より男子の心にはいのちをかけてゆく思ひがあつた、名のないいくささへ、敗るゝ定命のもののために死すことさへ、一つの無情の悲願として、生命の太古より生きてゐたのであらう。人間の歴史を彩つた男子のかなしい強さであつた。さうして女のこゝろは朝の門出にうちしほれしのび泣きをつゝむ美しさでよいのだ。やさしい女らしさこそすなほなまゝの女子の強さであらう。なげきを祈れる心の空しさを知る者のなほなげく心の美しさである。淡いゆきずりの人々に呼びかけた自然の叡智は、生きてゐる過去を知り、現象の卒氣ない示し方のもつ力強さを知り、そして反映の歴史を知つてゐた。自虐し搾作し拒絶して、つひにかすかな現象の淡さだけを示し自己を殺して自然にまで深めんとした日本文藝の見事さは、かかる戰國の世の一人の名もない女性の中にさへ生きてゐた。それは客觀的に云へば、一切の他力の命令に超越し、文藝の機能を自然に信じた心情、まことに心情の呼び名に價するものの表情と聲である。そして至情をあくまでつゝましく描いた人間の表情の美しさの凝固にすぎない。むかし私らは浪曼的反抗といふことばを愛した。稚な心にものあはれ、と詩人のうたつたそれだけのもの、神の天賦の選ばれた人間のもつ表情である。私はこの銘文を橋に雕み、和文で描いた女性のいさゝかも巧まうとはしなかつた叡智の發生を思ふとき、今も感動に耐へない。難しい理窟を語る必要はないといふより、それはむしろ愚かしい限りであつた。かなしみの餘りこの橋を架けた女性は、心情によつて橋の象徵と日本の架橋者の悲しみの地盤を誰よりもふかく微妙に知つてゐた。まことにそのことを卒氣ない文章として描いたのである。わが誇りをゆきて同胞に傳へよといふのではない、光榮を語りつげよと說くのでもない。この勇しい若武者の母はあはれにも美しく、念佛申し給へやとかいたのである。名もない町の小川に架けられた橋は、おそらく代々の風流の士に限りなく有難い涙をもよほさせたであらう、歲月が過ぎて三百年を數へようと、たゞその永劫に美しい感傷、一切人文精神の地盤たる如きかゝる感傷にふれるとき、今宵も私は理智を極度にまで利用してみつゝ、なほつひに敗れて愚かな感動の淚にさへぬれ、この一時の瞬間をむしろ尊んでは、かゝる今宵の有難さと、むかし蕪村が稀有の機緣を嘆じて歌つた詩にかりて思つてみる。それこそ最後の理智と安んじたい我らのなさけない表情であらうか。

河原操子

河原操子の「蒙古土産」一巻、二百五十頁餘りの菊版の小冊子である。一宮氏に嫁してのちの著ゆゑ、「前カラチン女學堂教頭、一宮操子女史著」とある。公事機密に亙る部分を除いてゐるが、なほよく明治の偉人中、その第一級の女性の俤を語つてゐる。上梓は明治四十二年十一月、小生の生れぬさきに版にされた書物である。私は四十三年四月、明治の晩年に生れた。歐洲大戰を記憶し、大正天皇崩御の遙拜式に列したのは、中學四年生の時であつた。以上冗漫ながら誌して、あらかた感慨に似たものを附するのである。

「蒙古土産」の上梓されて二十數年ののちに、私は初めてこの書を繙いた。「胡砂吹く風に胸轟かし、蒙古の月に二千里外の憂を盡せし事の、今も尙思ひ忘られぬものから、斯くて我が心一つに藏め果てん事の流石なる心地もして、時につけ折に觸れての思ひ出草にもと、暇なき暇をぬすみて、書き集めたるもの、やがて此の書となりつ。

固よりさる道の便にとてもあらず、又こを人に示して、なき名求めんなどの心構は露だもなくて、思ふに從がひ、筆の行くにまかせて、ひたすらにかいやり捨てたる跡なれば、書き終りての後讀み返へし見るに、文も調はず、言の葉さへも撰びも得せず、今更に耻しき心地もせらる、を、さる人の已みかたき勸めにて、梓に上すに至りぬるこそ、我ながら烏滸がましけれ」序文の前半をひいた、私はか、る文章をも珍重して本書を愛惜する。

河原女史、信州松本藩士の女である。郷里の女子師範學校から東京の女子高等師範學校を終へて、長野の高等女學校に職を奉じたが、當時の國民の理念を銳く感じた女史は、淸國啓蒙の捷徑はまづ女子を善導するにあると信じて、進んで橫濱の大同學校に教鞭をとり、その經驗をもつて上海に渡り、支那婦人を教へる最初の日本女性として、萬難を冒して務本女學堂の經營に與つた。この務本女學堂は、淸國に於て、東洋人の經營する最初の女子の學校だつたのである。そののちさらに蒙古喀喇沁《カラチン》王家の聘に應じて、毓正女學堂の創設に當つたが、この間日露の役勃發し、戰時中は公務のために盡すところが多かつたので、戰後の論功行賞には特に勳六等に敍せられてゐる。

普通河原操子の名は、橫川、沖等の北滿烈士の事蹟に綴られてあらはれてくる一人の女丈夫として知られてゐる。知る人の多くも女丈夫として語つてゐるのである。しかし私は「蒙古土產」一卷に自ら語る女史を思ふとき、又別の女史の心ばへのわが國の古の風にふさはしいものを知るのである。その文章も、なほ女性の文章の規範の存在した時代のものとはいへ、實になつかしい女子の粧ひしたものであつた。明治女性史の中には、所謂女丈夫も少からずあらう、その普通にいふ女丈夫といふ一つの新しいタイプは、多く成功した女性として數へられる。私は彼女たちを敬愛せぬゆゑに語るを欲しない。「蒙古土產」一卷にあらはれる河原操子はそれらの女丈夫たちとは、心ばへのちがふ女性のやうに私には思はれた。私は女史の多くを知るのではない、たゞその一巻の文集をよんだにすぎず、しかも私がこゝに、明治先覺者の一人として、多くの女性のなかから選び出して女史を語るのは、女史のもつてゐた行爲への勇氣と決意の實踐が、つねにわが日本女性の美しい心ばへの伴奏であつたといふ事實を知つたからである。その愛情が、そのまゝにヒユマニズムとして、又國家の理想と合致してゐたのである。己の思ひをかくして行動した女丈夫でなく、己の思ひに自然に泣き、悲しみ、しかもそのまゝに崇高な心情で行爲した女性であつた。その文章にも、やさしい日本の女性の心が、どんな行爲に附隨した身振りも宣傳も伴はずに自然に描かれてゐる。何といはうか、それはある命目を立ててなされたやうな行爲ではなかつたのである。最も立派で勇氣のあることが、淡々と極めて自然に、さうしてやさしいさまで行はれた。女史の行つたことは、すべて最初であり、恐るべき勇氣と冒險の中を行く行動であつた。さういふときの武器は愛情といふ自然以外にない、しかも女史の愛情は、日本の女性の天性の美德に他ならないあの淑やかなやさしさであつた。女史の折にふれて告白したものも、一切の命目と議論が空白となつた最後のときになほのこる、日本の女性の血の記憶であつたと思はれる。私には女史を女丈夫といふとき、何か俗論の通念として聯想される何某などの存在が現在する故にあきたりなく思はれたのである。

改めて云ふ迄もなく、私はこゝにたゞ「蒙古土產」一巻をもとにして、女史の未曾有の壯業を語るものである。成功した女丈夫ではない、名聲にうたはれた才女でもない、しかし一切のそれらの人々が不可能としたことをなしあげた人である。その偉大な行爲は、たとへ日露の風雲に乘じて行つた、女史生涯の花やかさを表象するあの國家機密の面での活動を除外しても、なほ後世に感嘆と鞭撻を與へるにたる先驅の事業であつた。支那人を教化する目的を以て大陸に渡つた最初の女教員であり、さうして彼女は、蒙古に入つて蒙古人を甦生せしめようとした最初の教育者である。その見識はしばらく別として、この二つの事實のみでも驚くべきことに屬してゐた。この彼女の廣大深遠な文化的任務は、しかもすべてが愛情に淵源してゐたのである。從つてその手記にあらはれた彼女の支那人觀の、尊敬せず輕蔑せぬ淡々たる風懷には、すべて若年の女性の觀がない。しかも私は單にさういふ知的の優秀さをこの女性のために尊んだのではない。この女性は其の青春の日「胡砂ふく風に胸轟し、蒙古の月に二千里外の憂」を盡したと述べてゐる。日露役中は危險な身邊を保持しつゝ、たゞ一人の日本人として蒙古の北に住みつゞけたのであつた。最も透明な才能も、最も激烈な情熱も、かゝる數年間にすべて消耗しつくされるものであらうと、私には思はれるのである。しきしまの大和心を人問はばと歌はれたやうに、花の美のいのちは、朝の日のさしそめる瞬間に、その永遠に豐かな瞬間に、終るものといふ。日本の心をそれに例へたのは、さすがに千古の名歌と、永く國民のすべてに吟誦される所以であつた。美しい花はいづこにもあるだらう。花に對する觀賞や美學に日本人は古ながらの日本を愛してもよいのである。

蒙古から歸つてのちの河原女史は、一宮氏に嫁いでゐる。さうしてその後を私は知らない。家庭の人となられたのである。一宮氏は正金銀行の副頭取か何かをした一宮鈴太郎である。下田歌子が「蒙古土産」に序して、「氏が若手巾幗の身を以て、遠く蒙古索莫の野に入りしのみならず、求めんと欲して求むべからざる時機に遇ひ、爲さんと欲して爲す能はざる公事の一端にも從ひ、戰後論功行賞の列にも入りたる幸を思へば、後の思ひ出ともなるべき氏の舊稿の、しみの棲家とも成り果てずして、其の一端だも世に公けにさるる事の喜ばしくて」云々とかいてゐる。同序によれば、女史の一巻は、蒙古より歸來病を得て夫君の渡米に從ひ得ず、溫泉に養生中の日になされたといふ。但しこの下田歌子の序文は、私の見るところ下田女史の英明を證すものと云ひ難い。むしろ篠田利英が「文學以外に於ける著者の雄々しき精神行爲は、能く懦夫をして奮起せしめ、懶婦を醒覺するに足るの慨あり」と云つてゐるのは正當である。しかし著者の雄々しき精神行爲は、文集中に淡々とのべられた感慨や感傷によつて申し分なく示されてゐて、充分に懦夫を奮起せしめ、今の日の「女丈夫」たちを反省せしめるに足るものにみち〳〵てゐると、小生には思はれるのである。篠田氏もそのさきに「世に女丈夫なる者あり、往々大事業を企て、男子をして後に瞠若たらしむることありと雖も、彼等は常識を缺くが爲に、婦人の特質を發揮して、眞の天職を完うする上に遺憾少からず、著者の如きは、其爲したる事業を以てすれば、優に世の女丈夫の稱に値すれども、婉容貞淑にして常識に富めるが故に、今や家庭の人たるも、必ずよく天職を盡して好果を收むべきは、余の信じて疑はざる所なり」と誌してゐる。女史の婉容貞淑にして常識に富むとは、異つた形容でその文集にも知らる、ところである。

篠田氏が女史の平生身邊にふれて語つたところは、そのまゝに文章にもながめられるものであつた。篠田氏は女史の女子師範學校時代の師であつた、「而も、其の知るは單に外貌に止まりて、精神的本體に及ばざりき。何となれば、余は當時著者が斯る大なる未來を包藏せしことを看破するの明を缺きたればなり、されば余が當年の不明は、却つて今日の喜びを倍せしむる所以たらずんばあらず」これでみれば學校時代は平凡な少女であつたらしい、後年も貞淑の夫人に過ぎないらしいのである。

單身蒙古に入るといふその勇氣さへ驚嘆すべきものであつたが、一つの理想を以て蒙古人を教化し、傍さらにある國家的大任務を遂行した、勇氣と決斷と叡智は、女史が喀喇沁王府で會つたあの北滿の烈士たちに決して劣らぬ、あるひは以上に評してもよいとさへ小生に思はれる。

昨年の初夏私は熱河承徳で省公署のS事務官と會ひ、たま／＼河原女史のことが話題に出た。さうして女史の事業の成果は、といふ私の問に對し、その事務官は、たゞ女史を感嘆する言葉だけを吐いたのである。喀喇沁王府で女史に教育された蒙古子女たちは、蒙古の各地に散つて、日本の滿洲國から熱河經營にかけてはかり知らぬ成果を生んだといふのである。

「ハルガ、イロイロノハナガサイテ、タイヘンキレイデゴザイマス、タクサンノトリガ、オモシロサウニ、オ《まゝ》タンテヰマス、ワタクシハ、ハルガスキデゴザイマス」かういふ作文を蒙古少女に書かせて、女史は日本の心ばへを彼女らに教へてゐたのである。モモノハナガサキマシタ、ウメノハナガチリマシタなどと教へた。私は友人に、王府のあたりにモモやウメやキレイナコガハガウシロノコヤマカラナガレテヰルなどといふ景色があるのだらうかと聞き、ふとたまらぬやうな鄕愁を味つたことである。

支那人の生徒たちが、女史を信賴してゐたさまは、次のやうな話でも知られる。それは上海にゐたころ、ある時女史の頰に一筋の後れ毛のか、つてゐるのを見た生徒たちが、それがことさら抽き出して作られたものと思ひ、彼女らのうち三四の者は、美男葛で一糸亂さず結びあげてある鬢から、直ちに一筋を抽き出して、後れ毛をつくつたといふのである。この話はさきの作文と二つ相合せたとき私に興趣が感じられた。尤も女史は美人であつたらしい。務本女學堂時代に於ても、その見識には規とすべきものが多いが、次のやうなエピソードには今も娯しい教訓がある。生徒たちが編物をするのに、一個洞々三鍼《イッコドンドンセイツアン》と云つてゐるのをふときいて、直ちに「一つの目に三つ編む」と云ふやうにと日本語に改めさせたなどいふ話である。

學校時代普通の女生徒であつた女史は、むしろ蒲柳の質であつたらしい。卌三年長野の高等女學校に職を奉じたころもなほ宿痾に苦しめられてゐたといふ。それにつけても私には、生涯をかけての事業と平行して、一人の生涯の僅かの花の時期を以てなされ、一つの花に他の花をつないでゆくやうな民族の總和が樂しいことと思はれる。わけて女性の業としてはふさはしい。人類の多くの文化も戰爭も、一人の成長に營々とつみあげられた總和でなくして、花の時代の若者が身を亡してつみあげたものでなからうか。小生はさういふ形の國と民族との文化もしば〳〵了知してきたのである。河原操子の活動したのは、僅か數年である。これは拳鬪家の生命のやうに、あるひは美女のさかりのやうにはかない時期である。しかし名流の女性の人生の一例としてなら小生はこの人を決して尊重しなかつただらうと思はれる。しかもこの短いいのちの殘したものは廿年卅年、さらに未來の精神に展かれるものであつた。世俗に成功した名流婦人のいのちはいつの日に再び展かれるものか、さういふことは小生の想像の外のことである。

長野の高等女學校の女教員にすぎなかつた河原操子の運命は、たま〳〵信越に旅した下田歌子に會つたことによつて、全く浪曼的に展開される機會を得ることとなつた。當時女流教育家たちの偶像的地位にあつた下田歌子の來信を知つたとき、若い河原操子は奉職する學校長の紹介を得て下田歌子に會見し、自分の希望を述べた。日清戰後の我國民の一つの浪曼的な信念――アジアを覺醒さすといふ使命は優しい女性の心に燃燒してゐた。そしてその道を邁進した女史は、この機緣を捉へて橫濱の大同學校の教員となつたのである。下田女史の來信は卅三年八月、河原女史の赴任は九月である。淸國人經營の大同學校に始めて開設された女子部の教師となるためであつた。「これぞも〳〵我身の支那人教育につきし始めにして、又恐らくは、本邦婦人の支那婦人教育の任にあたれる嚆矢なりしなるべし」と女史も述懷してゐる。「其頃のことなりき、かくて我望みの曙光は輝きそめたりとはいへ、かゝる世界的事業に身を委ねんには、西洋人に對せる時、我に自恃自信する所なかるべからざるを悟りければ」それより紅蘭女學校に通ひ語學の研究に専心したが、紅蘭女學校が佛蘭西人の經營であつたため、多くの西洋人に接する機會も得た。そのうち支那人とその社會を知るにつけて、彼らを「善導」するにはまづ彼らの家庭に非常な勢力をもつ婦人の教育から始めて「抑制にすぎず寛容に流れ」なければ、やがて清國人を「覺醒」せしめ、從つて「東洋の平和」を永遠に保持する上に「いくらかの裨益あるべし」と確信するにいたつた。

女史はこゝに卅五年までゐた。たま〳〵上海の呉懐疚から下田歌子に、上海に女子學院をたてるにつき、教師にぜひ日本人を聘したいとの依頼がきたのである。その選にあたつて選ばれたのが河原操子であつたのは云ふ迄もない、一人娘であつた女史は郷里の老父の許を乞ひ、やがて八月廿八日横濱出帆の神戸丸にて渡支することとなつた。

この船出をのべた船中日記は離情纏緜とした名文である。船は長崎より本土を離れる。その日は丁度二百廿日であつた。「波は更に高し、船員らも不安の面もちせり、さて彼らが博愛丸は如何せしか、あまり延着ならずや、と囁き合へるを聞く、蓋し其船は、昨夜入港すべき豫定なりつればなるべし、船に慣れぬ身には、これを聞くにも何となく恐しく感じぬ」大海に出るにつれてます〳〵浪は荒れ、「運命いと危し」とかいてゐる。「我は堅く決心して、この船に乗れり、されど、今は心弱く、斯くして果てなんことの口惜く思はれて、故山の父上もなつかしく、師の君、友どちも慕はし。雲の彼方にては、皆斯とも知らで我身をば、安かれとのみ祈り給へるならんなど思ひやるに、そゞろに涙せきあへず。されども、不安の心極まりては、却つておちつきぬ」私はかういふ部分に妙に文學的な聯想をして、好感を味ふのである。私はこの偉大な女性の不斷に出てくる文學少女的感傷のすなほさを愛惜して耐へない。さて「搖籃の如き」船は、九月一日長崎を出、三日午後揚子江の本流に入つた。始めて揚子江をみた河原操子は大陸の雄大さに感銘したのである。船は呉淞に泊て、小蒸汽船で上海に遡り、こゝで同鄕の人で駐屯隊々長をしていた稻村中佐や、小田切總領事に面會して、心强い安心を得た。しかも上海で小田切總領事に出會つたことは、後いくばくもなくして河原操子の運命を深化することとなつたのである。信州の田舍で時代の浪曼的な理想をひとり描いてゐた少女のころは別としても、橫濱で「世界的使命」を感じたこの先驅者の女性も、恐らくその日にはまだ上海行を豫想しなかつたであらう。さらに一步進んだ蒙古行は、上海上陸の日にも毛頭思ひもよらないことだつただらうと思はれる。今から考へても雲梯から雲梯へ上るやうな行動であつた。しかもこのうらわかい明治の女性が、文學少女風な同情で感じて了つたその「世界的使命」と、丈夫にさへめづらしい勇氣で敢行した行爲は、まことに先驅者の俤にふかい。昭和の日の日本の有名な思想家や評論家が、同じ「世界的使命」を敢語するに至つたのは、徐州會戰以後、國策に便乘しての上である。私はこのうら若い女性の先覺者を敬重するのである。

上海へついた河原操子は小田切總領事夫妻の恩遇に慰められて「始めて異境に來る身も寂寞の情を知らざりき」と喜んでゐる。

さて小生は散漫にかき出して、若干のことに氣づいた。河原操子は幾人かの人が書き逃してから書いてみたいやうな明治人の一人である。かういふことを云へば小生心懐の稚なさを云ふやうでもあるが、文藝批評家は他人の書き逃し方のあざやかさに昂奮するものである。己の像を賦する能力なく、世俗大衆の可能性を無形から恣意に規定して、然もそれをひとりくづして樂しんでゐるのが、方今の批評家である。

所謂「女丈夫」といふことばは、明治の開國時代のイデオロギーであつた文明開化の生んだ概念である。一巻の手記を通じて私の知つた河原操子がさういふ型の人でないことがまづ私の感興を呼んだ。その人が新しい開化の性格でなく、古い日本女性の心情を極めて自然に生きた人であるといふことが、小生には大へんなつかしくさへ思はれた。しかもその行爲の勇氣と決意に於ては、日本のその時期の生んだ偉大な男子たちの、理想にとり憑かれた獻心の行爲にも匹敵してゐたのである。さうしてかういふ偉大な大膽さが、古い日本の女性のやさしさ以外の、どんな新理想の理論的うらづけもなく實踐されたといふことが、何か日本の女性の傳統に對する希望をさへ抱かせたのである。私はそれゆゑ「蒙古土産」一巻より、殊さらに古めかしい少女小説めいた部分を抜き出してみた。だが女史の議論文も、どこかたよりないやうで、しかも毅然とした日本の少女の傳統のもののあはれにうらづけられてゐた。世上女史を女傑的性格といふのは謬りである。女史は世間を遊説したのでもなく、論壇に丈夫ぶりの議論の幼稚さを吐いたのでもない。女史に於て特に偉大と感じることは、日本女性の傳統の心情が、新しい國民の世界的行爲に耐へるものとして、極めて自然の形で實證したことである。ない。歐米人の衣裳で、歐米人の學界で競つたのでない。河原女史が日常の感動をこの點を私はありがたいと思ふのである。思へばかつてうら若い河原女史が日常の感動を以て「世界的事業」と云つたことが、昨今やうやくその言葉の意味をもち出した。しかし女史の心情にあつては、一つの愛情の表現として自然に行爲され又口にされたことが、今日の日本の思想的要人に於ては、一つのユートピアと稱されて、それによつて純粹理論的な批判から防衛しようとされてゐるのである。日本の民族のもつ雄大な日常感覺のスケールを萎縮さすことが、久しい間のわが國の文化、思想、政治の指導的要人たちの役割であつた。古の女史はさういふ世相の人々の關心とは關係のない、愛情の自然の世界と行爲の中に住した。しかもそれは議論づけられたユートピアや理想でなく、鋭敏に感じられた時代の理想から、日本の少女のやさしさのまゝに、水の流れるやうに實踐された行爲であつた。戰爭と婦人、戰爭と文化、さういふ問題に對し、この一人の明治の日本の女性は、極めてつゝましく、さうしてどんなイデオロギーや理想の論證をもつて防衛的武裝をなすことなく、たゞ古のまゝの心情の一延長として、日本の少女の心の教へるまゝを行爲したのである。古い封建の世が、女子に何かのイデオロギーの表現方法を教へる代りに、文化の母胎を作るべく努力した結果が、新日本の動亂期に日本の一少女によつて世界的規模で現れたのである。理窟を云ひ、思想宣傳をする女の口は不要である。女史が平和と戰爭の時代を通じて行つた最高な人間行爲の一つであつたものは、人工の論理によつたものでなく、自然の心情の愛の教へる論理であつた。小生は今日の非常時型、國策型の女丈夫諸君を、非日本的なものと批評したいためにも、河原女史について文中少しくどくどしい議論を附加するのである。

前回は女史が長崎を船出して、上海についたところまで誌したのである。小生は殊に女史のもつてゐた日本の女らしいやさしさにふれるために、その旅行記を抜萃しつゝ、國の心ばへとも云ふべき少女小説めく感慨に多くふれたが、女史の見識も世上一般の認識を遙かに抜き出て今の世にさへ卓説と云ひたいことである。しかし今は女史の支那観よりもその表現としての實際の行爲の方を云ふのが順序であらう。

女史の職を奉じた上海務本女學堂は、純然の女子教育をめざし、その教師が日本人及び支那人であつた點で、支那に於ける最初の女學校であつた。當時二三あつた學堂はみな外人の經營で、主に宗教關係のものであつたからである。「學堂は南大門の花園街に設けられ、明治三十五年八月開堂されたるが、これぞ淸國に於ける女學校の最初なるが故に、其責任甚だ重く、學堂の成功と否とは、淸國女子教育の隆替に關する所大なり」と女史も云つてゐる。しかし生徒の狀態は「其年齢及び其學力の差等は驚くべき相違ありて、最少なるものは八九歳、最長なるものに至りては三十歳を越ゆる」やうな次第だつた。「蒙古土産」には當時の務本女學堂の生徒たちの一葉の寫眞が插入されそこには利巧さうな少女が竝んでゐる。生徒たちの中には娘をつれた母が、その娘と同席で教授をうけてゐるやうなものもあり、多く江蘇浙江の出身者で、大半は郷里で教育に從ふことを目的としたと云つてゐる。女史の教へたのは、日本文日本語算術唱歌圖畫で、殆ど南清語に通じない女史は、專ら漢文と繪畫の助をかりたが、半歳の後には生徒たちも日本語にかなりに熟達した。彼女らは語學繪畫に巧みで、唱歌は非常に嗜好するにもかゝはらず教授困難で進歩の遲々としてゐたのは、一般に耳の發達せぬためだらうと云つてゐる。初め四十五名を入學させた學堂は半歳のうちに百名餘となり、やうやく日本の小學校程度の編成と課目をほどこし得た。女史が學堂で最初に改正したことは時間の嚴守であつた。「清國の人は一分たりとも長く教室に在るを以て、授業に熱心なりと喜ぶ風ありしが、我はこれを以て教授を商品視するより生ぜる誤想なりと鑑定せるが故に、少しも顧慮せずして、信ずる所を行ひたり」かういふ平凡のことが他國人の中では一つの見識であるといふことを、私は最近の世相から感じるのである。しかも一面女史の愛情のこまやかさは、何でもない事にふれて、清國女生徒の美點を語るところにさへなつかしくあらはされてゐる。寄宿舍の生徒のさまを誌したところなどはまことに樂しい文章である。「清國人は皆音讀なれば、其騷がしきこと言語に絕せり、可憐なるは幼年生にして音讀しつゝあると思ふ間もなく、唱歌を唱ひ、又唱ひながら居眠りいつか鼾となりて、赤き頰を卓上に當つるにいたる、此等の幼年生は、年長者よくこれを介抱して、寢につかしむるが故に、感冒にかゝるが如きことなかりき」感冒にかゝるが如きことなかりきなどいふ敍述は、なか〳〵に日常の心ばへのあらはれである。

日本の女性としての自覺は、この年若い女史をいつもつよくゆすぶつてゐたのである。

「はゞかるところなくいへば、我は清國婦人の教育よりも、寧ろ己が研究に重きを置きたりき、されど愈々渡清するに當り、其の謬れるを悟りぬ」しかしながらまた「最初の日本女教習なり、日本婦人の代表なり」などと內地の知友先輩に云はれるにつけて「我は恰も戰爭に赴くが如き心地して、かかる筈にはあらざりしと思へど、詮すべなし」あのあざやかな「世界的使命」の感激と一緒にこんな感慨を一人の胸にをさめてゐた。かういふところを私は尊重したいのである。偉大な理想を口にしてゆく旅でない。一といふ字をだに知らずといふやうな謙遜の態度でもない。横濱の支那人學校で世界的使命を感じて了つた女性は、上海に渡るに當つて、その身についてゐる理想的存在を人々から云はれ、か丶る筈にはあらざりしに、と感じねばならなかつたのである。その人が、再び喀喇沁の奥地入りをいつ想像しただらうか。東方の天成の詩人のもつた旅心には、西方の神の敎徒と異るものがあつた。つねに行爲を理想で後援し、意志の確立によつて困苦缺乏を耐へてゆくものに對し、東方の旅心には生理のデカダンスをいつも踏みしめてゐるけだかい無常觀があつた。意志でなく心情である、意志の愛でなく心情の愛である。捨身を加味したなりゆきである、さういふ精神の峻烈さが、同時にやさしいもののあはれを生んだのである。さて日本の最初の女教習といふ地位の自覺から女史の考へた第一のことは、城內に住まうといふ決心であつた「我は最初の女教習なり、到底尋常一般の事にては止むべきにあらずと思ひたりき」。しかし今は知らず當時城內のさまは「鼻を抓ま丶ざれば臭氣に氣死し、目を閉ぢざれば汚物に嘔吐を催すべき此の城內には、浴場なく、草なく、木なく、食物さへに自由をかき、しかも、同鄉の人棲まず、目に觸れ鼻をうち、我身を襲ふものは、不潔惡臭及び流行病なり」婦人は勿論男子さへ住みがたい所であつた、過去二十年間に一二の他は住んだものとてなかつたのである。しかし學堂も寄宿舍も城内にある、故に城内に住むべきか、城外に住むがよいかの利害得失は云はずとも分明である「實に、我は總ての外國婦人中、最初の城内居住者にてありしなり」

かういふ考へ方の經過には大へん立派で快いものがある。考へ方そのものに、論理以外の昂奮があるのである。さういふ昂奮のうらには、理性と異つた我々の國の考へ方や發想がうごいてゐるのである。しかし租界と城内との差は、著者がたま〳〵壁一重で二十世紀と十五世紀が共存すると云つてゐる程に激しく、常に日常の不潔と猛烈の病菌と闘ふばかりか、一歩城内を出て日本租界にゆくにも、通路の關係上四枚の車夫鑑札を必要とし、四人の車夫によらねばならず、しかもさうしてさへ無賴の市民の危險にさらされることが少くない「生命も縮まらずや」と思ふばかりであつた。女史が時々に日本租界に出て、日章旗の飜々とひるがへるさまを見たときの感激を何囘にも誌したのも宜なりと思へた。だから女だけのうける危險感に、男をうらやんでゐる女史であつた。三十五年十月九日に嘉納治五郎が學堂に女史を訪れ、女史は生徒に「織りなす錦」を日本語で歌はせた。嘉納氏が歸らうとする時生徒たちは口々に「どうぞ又御出で下さい」と叫んだので、嘉納氏も快感極りなしと喜んだ。十一月二十日小田切總領事夫人らが學堂を訪れたときは、道で後から汚物を運んでくる人夫に追ひ迫られ、逃げるところがなくて、やむを得ず、すそをひきさげて驅け出して了つた、道は狹く、いつも汚物にあふれ、加へるに上水下水の區別もない城内で、女史は一夏を過したのである。當時上海在住の日本人は男子千三百四十五名、女子は七百十四名、女子のうち五十名位が「貴婦人」であると女史はかいてゐる。その貴婦人たちの多くは、閑暇に外國の語學技藝料理などを各々學んでゐた。

「明治三十五年の八月、洋々として春の海の如き希望を抱きて渡清せしより、一星霜は瞬く間にすぎて、翌くる三十六年の夏とはなりぬ、(中略)實に此一年の經驗は過去十幾年のそれにもまして、我を勵まし、我を強うするに力ありき。我が拙き筆は到底之を悉く寫し出さしむ力なけれど、漸をおふて展開し來れる我運命――敢て運命とよばむ――の變遷は、不言不語の間に、其消息を傳ふるものにはあらざるか」。敢て運命とよばむと詠嘆してゐるやうに、當事者に於てよりも、時と世を距てた小生に、殊によくこの詠嘆が、何か不氣味ささへもつて理解されるのである。横濱上海を經てきたこの少女の、前途の運命は、いつも己にもまして人々に豫想されなかつたことであらう。私は東方の傳統にある身を委ねたやうな旅心を、大へん怖れるのである。女史が喀喇沁へゆくについての經過を云へば、そのさき喀喇沁王が、大阪にひらかれた博覽會を見物し、その途次內地の施設や產業を視察したが、この進步的な蒙古王は日本の文明開化に感ずるところ多く、自國の運命の開拓を考へ、先づ敎育の振興を決心して、女子敎育の必要をも感じたことから、その意を內田公使に通じ、小田切總領事を以て、女史に委囑されたのである。「こはまことに我國にとりては、渡りに舟の幸なりき、當時東亞の空、雲のゆきかひたゞならず、山雨來らむとして風樓に滿つともいふべき姿なりければなり」。

「かくて我は、我事業の第三階に入りぬ、（中略）而して第三階の事業は數千年來眠れる蒙古の開發にありき、なほ其外のことは、我に口あり言ふにかたからず、我に筆あり記すにくるしまず、されど暫くは言はず、記さずに過ぎなん」と云つてゐる。これは自負をもつた調子高い文章である、恐らく唯一のものの一つであらう、しかもその自負のやさしさに私は大さう快いものを味つた。北京に出て喀喇沁に入るまへに、女史は南京に旅し、古蹟を眺め民情を知らうと思つた。明の古營の荒廢を見ては、「蟲こそ啼かぬ叢の露繁くして、見る人の袂もしとゞに濕ひぬ」と云ひ、歷史の殘礎頽壁に「何れも落寞見るに堪へず、思はず一掬の涙を濺ぎぬ」とかいてゐる。

十一月二十二日、女史は上海を船出した。海上はやはり靜かでなく、山なす濁流が甲板にかぶさるやうな船旅であつたが、さういふ荒い航海にも西洋婦人は甲板の散策などを娯んでゐる。「我は去年の初航海に於て風浪高き時徒らに心を惱ますの詮なきを知りたれば、今は中々に心強く日本は海國なり、海國の婦人がかばかりの波にひるみたりとありては人聞惡しかりなんと思ひ、我も甲板に出でて散步しぬ。西洋婦人に挑まれて甲板上に競走をなしたるが我勝を得たり、愉快云はん方なし」などとかいてゐるのは、まことに讀む者にも彷彿として愉快な文章である。かういふあでやかですなほな文章は近頃女流の口吻には絕えてきかないところであらう。理窟にも批評にもならぬ話だが、かういふ瑣事に動いてゐる子供つぽさに、小生は痛快に敎訓をよむのである。心がまへや考へ方の動き方が、子供らしく然も毅然と犯し難く立派であることは、かういふ瑣事に於てのみでなく、彼女の運命のすべての時を支配してゆくのである。船旅の困難をこらへつゝ、外國婦人に敗けない氣持で、同じやうに甲板を歩いたり、彼女らと競争をしたりしてゐたのである。偉大な女性の書いたかういふ文章をよめば、たゞ書き方だけをみても、その偉大さの外廓についての先入見が變更するだらう。同じ船で外國人の少女と一緒に繩とびをしたやうな話もかきつけてゐる。

天津に上陸したとき、日本租界の途上で偶然に脇光三にあつたのである。脇氏は女史の恩師淺岡氏の息であつたから幼兒より舊知である。脇氏は例の北滿の志士の一人である。

さて女史が北京に滯在したのは、十一月二十九日より十二月十二日迄であつた。喀喇沁福晉(親王・郡王の妃を福晉と云ふ)は肅親王の妹であつたので、親王にも拜謁したりした。

「喀喇沁《カラチン》はいづこ、北京の東北にあり、北京より九日程にて達すべしと、甲も斯く乙も丙も斯くいふより外には、何事も聞かせぬにはあらず、知るものなきなり、强ひて問へば、長城以北の宿りは、天幕にもやあらん、馬賊の難あらんも測れずなど答ふめり」喀喇沁はいづこ、かつてこのことばを小生は胸ときめかしてよんだのである。誰にもかけないことばの一つである。それは戰士であつた英雄と詩人が、生涯の發足の頂點の集約として表現することばにのみ類似してゐる。父の許へはたゞ手紙で由を傳へ、父よりの返書は、「上もなき幸なれ、……一身の安危などは物の數ならず」などいふ勵しの言葉ばかりであつた。

しかし北京で喀喇沁事情を知る由もない上に、そのころではすでに「神經過敏なる外國人の眼」が女史の身邊を往來してゐた。

「思へば嬉しき身や、またおもしろき運命や、果敢なき世の浪にもてあそばれて、繊弱《かよわ》き女の身にて、なつかしき父母を離れ、友と別れ、幾重の波路を越え淩ぎて、斯る果まで漂ひよれるさへあるに、今また八重の白雲推しわけて、人知らぬ沙漠の果にさすらはんとす。悲しと云へば實に悲し、二千里外行人の心、かの國の爲に身を棄て、夷の群に身を投げてけん昭君の怨みは我は知らねども、國に盡さん同じ眞心は我れも持てるを女々しき事に歎きて、人に見られん事のいと恥かしと、つとめて心猛く振舞ふものから、流石に幾層の雲を隔てたる東の空を望み、又幾重の天と聯りたる西のあなたをながめて、思はず袖ぬらす事も多かり。故鄕の父や如何にと思ひては、雁が音に我が思ふ今の心を報らせ奉らんかと思ふ事も切なれども、去ることとしては昔堅氣の父君の、さばかり女々しき女には育てざりしをとなか〳〵にうち腹立ち給はむ事の、目のあたり見るらん心地のせられて、せき來る涙を袖にかくして、書きたき文も書かで止みぬるこそ、いと堪へ難き極みなりしか」

小生の好みから、又かういふ部分をぬきがきした。女史の文章のほどもさることながら、昔氣質の父やその教育といふのも一寸考へてみたいことである。かういふ教育の長い〳〵時代に於て、日本の少女の愛情もヒユマニズムも決して傷はれなかつたし、反つてかういふ教育の下に今日よりやさしいそして又勇敢な一人の女性を作りあげてゐた實例が、今こゝで語られてゐるのである。その女性の偉大な事業は、古來のまゝの女らしい愛情が、そのまま新しい日の祖國へ結びついた一例である。私は河原操子の中から新しい時代に卽應した女丈夫を抜き出して語るのでない、誰人でも「蒙古土產」をよむがよい、そこに女丈夫や女傑はさがし出し難いだらう。この女性が一般の日本女性の典型であり、それはやさしい日本の女性の一表象であつたといふ面のみがはつきりと人々の腦底に印象されるのである。しかもそれ以上に、人生に於て光榮とすべき名譽があらうか。民族の英雄や偉人はさういふ一般者の集約的表現であつた。女性に集約された、又現れた、日本の俤を描くために、小生はさういふ代表のやうな女史を選び出すのである。

十二月十三日、內田公使夫妻を初め多くの見送りをうけて、女史は猜疑の眼を避けつゝ、東直門より城外に出、こゝで準備されてあつた轎上の人となつた。公使のつけてくれた護衞兵二人と王家の迎へ人三人が從つた(轎といふのは前後二頭の騾で荷はせたかごである)「疑問の中にありし觀光の客は、今北京を離れて、其跡をぞ晦しける」と女史はかき誌した。

蒙古入りは言語に絕した旅であつた、まして十二月、嚴寒の頃である、しかも女の旅である。夜具、洗面器、罐詰類が、必需品だつたとかいてゐる。道は古北口を越えて熱河に出る。十六日古北口を出發しその夜は三道梁子に宿つた。それより灤平に出、さらに河によらずに道を熱河に出た。尤もこの道は康熙乾隆時代は年々皇帝の往還した道である。今は舊道になつた道の一部を、小生は北京から古北口をへて熱河へ出る車窓から一見した。しかし熱河から先がなほ大變であつただらう。十八日熱河を發した「右の山上には老松翠蓋をかざし、樹間には色彩せる喇嘛廟隠見し」とかいてゐるから當時はなほ熱河には樹木多かつたのであらう。民國革命以來伐り盡され今はすべて禿山である。十二月二十一日上瓦房で王府の迎への者に會ひ、その日午後三時半王府に入つたのである。日本兵二名は王府の西一里にあつた武備學堂に行つた。こゝには伊藤柳太郎大尉と外に邦人二名がゐた由である。武備學堂は毓正女學院より少し早く三十六年七月に開かれた。やはり王の訪日の結果祕密に日本の將校を聘して軍事教育を行つたものである。旅の途中で「氣味わるき旅舍こそ、我等の爲に幸なれ、若し旅舍の設備整ひ、懇情至りて爲めに旅愁を慰められれば、氣挫け、力疲れて、次ぎの旅程に上らんは、覺束なけん、憂き宿は、うき旅の奬勵者になれよなど戯れいふ」と誌したり、あるひは「我身は氷にやあらん」と信州生れの寒さになれた女史も感嘆することがあつた。王府に着いた夜は王夫婦の晩餐に招ぜられた。王は日本の事情に通じ、日本で刺身がよかつたと語り、此邊の河には大きい魚がゐなくて刺身の出來ないのが殘念だといふやうな話をされたりした。その部屋にかゝげてあつた一葉の寫眞をふと見ると、それは女史の高等師範學校卒業記念寫眞であつた。この王の待遇も細心と思はれる。又太福晉（先王の妃）には翌日會ひ、色々と女史の旅をねぎらふことばの中で、船とは如何なるものぞ、何程の大きさぞなどと尋ねられて、女史も返答に困つたほどだつた。喀喇沁での所感を女史は「日本人の眼を驚かすは、高き文明と低き野蠻と何れ大なるべきかなど思ひ浮べ申候」と手紙の一端に表現してゐる。私は女史のやうな壯業を考へるときにも自然な優越感の重要さを思ふのである。

當時の喀喇沁は蒙古人五千戶人口約四萬、漢人六萬戶人口約四十餘萬、漢人山東山西直隷よりの移住者が多く、それらは二百五十年以來の移民であつた。喀喇沁の事情についての女史の記述もあるが、教育方面だけを云ふと、從來も寺子屋式の學堂はあつたが、就學兒童も數人にすぎなかつたのを、近々二年間にや、制度の整つた小學校が設けられ、教授科目は日本の法に倣ひ、讀書には蒙漢の兩種を教へ、教師は蒙古人三人漢人一人さうして四十名の生徒を三組に分つてゐた。武備學堂の方は既に整頓も行屆いてゐた。

喀喇沁王は元太祖の功臣濟拉瑪《チーラムイ》の出といはれてゐた、代々北京の親王家と婚縁があつたので、清廷でも他旗より隱然とした勢力があつたのである。さういふわけで蒙古の要衝にあつた喀喇沁王家を親日派にすることは、當時も一つの重大な國策であつた。

蒙古では喇嘛教の勢力が大へんであつた、彼らの僧侶は說教の他に、寺子屋の師匠もするし、色々の紛議の調停もする、土民の分らぬことの說明役でもあつたし、その上醫療のことも彼らの仕事であつた。女史がさういふ風習の中で最初に信賴を得た機緣は、北京から携へて行つた藥品の威力も一因をなしたやうである。しかし決定的なものは愛情のやさしさであつた。

女史は十二月二十一日王府に着き、翌二十二日にはもう王妃と、女學堂開堂の相談をしてゐる。王妃の意見によれば陰曆一月よりと考へられたが、女史は蒙古のためにも、又日本のためにも遲れることはよくないと考へ、同月二十八日を卜して、開堂することに定めたのである。「世に早急なること少なからねどかくばかり早急のことはなかるべし」と女史も云つてゐる。

校舍は先王の時の劇場に少し手を加へて役だてたが、規則の作成と、卓腰掛の調製が大へんであつた。その開堂の日に入學したものは王府附近に在住する官吏の子女と後宮の侍女を合せて二十四名であつた。その開堂式日は王府稀れな盛會であつたが、總教習河原女史の演説を漢人姚教習が北京官話に譯し、さらにそれを王が蒙古語に譯されるといふやうな和かさである。この毓正女學堂の開堂式に參列した日本人は伊藤氏及び同じく守正武學堂教習の吉原四郎であつた。さて女史はその日の樣子を「王を左に姚教習を右に、二百餘名の會衆を控へつゝ、花々しく飾られし壇上に立ちし刹那、我は言ふべからざる一種の莊嚴の感にうたれて、一しほ責任の重きを感じぬ」と誌してゐる。授業は三十日より始められたのである。この日の式豫は王が自ら考案したものと云ふ。この王、王妃ともに、文明と進歩を愛し、明察の人であつたから、よく重臣の意見に抗して戰役中も親日態度をとり、日本によつて蒙古を開發するさま〳〵の改革意見と開發政策を實行したのである。しかし學堂に女兒を集めたことについて、王が今度女兒を集めてゐるのは、あれは日本へもつてゆき、食べるのだ、シヤボンに作るのだ、いや眼をゑぐりとつて寫眞にするのだ、など云つてゐる民衆をなつけるのには、藥の威力のみでは不可能だつたゞらう。しかし幸ひに女史の誠心の努力は結實して、生徒の數も次第に增加した。陰曆正月に入つて、六十名に達したのである。生徒は日本語技藝に秀でてゐたが、數學、地理、歷史の概念は駄目だつた。試みに官吏に當つても地理的な概念は皆無であつた。王家の方では生徒に學用品と晝食を供し、送り迎へに王府の馬車を供與された。朝は馬車で一巡して生徒を集め、午後は一巡して旗内に送りとゞけた。しかし女史はさらに教育精神の普及策を考へ園遊會を發案した。これは日本の記念祭ないしバザーに似てゐるが、品茶處、菓子屋の他に沽酒處を設け、又生徒作品や圖書、外人寄贈物の陳列所や、博物室をも設けた。その他休息所、食堂、福引所もあり、新樂處では學生唱歌の會を催し、古樂處では蒙古曲を奏した。又別に演說場を設けた。これは人氣を得て、三十八年夏の園遊會の如きは七百人位の會衆が集り、教育を普及すると共に、王と人民との間を親密にする上での寄與も多かつたので、王家でも殊に滿足した。さらにまた女史に對する土民の認識を訂正する點でも極めて效果あつたのである。遠い異國から女一人できた女史については、惡相の、意地惡の、邪慳の、さういふ考へ方が專ら支配してゐたのである。その上恐怖の心が離れなかつたが、それがいつか、親切らしい、年わかい、ありがたさうな、と變化してゐたことであつた。それを仔細に見てくるなら、二十歲を出たばかりの女性の事業として、例へ陰に武備學堂の伊藤大尉などの相談があつたとしても、見識と計畫の大にして細心なる點に驚嘆すべきものが多い。

「蒙古土産」の中に「雪中梅」と題して誌された部分が、卽ち女史の名を世に傳へる日露戰史插話である。小生はむしろ事業にまで結果した女史の全人間性の過程にふれたいために、前半は常のことに仔細にのべ、この世間的に女史の名を不朽にした戰時中の活動については粗々に述べたいと思つた。女史の喀喇沁入りは三十六年十二月であり、伊藤大尉らが北京にひき上げたのはあけて一月七日、この日以後喀喇沁に残りこの北邊の基地を守るものは、日本人として女史たゞ一人となつた。開戰と共に頻りに敵方の北部蒙古人や武官が喀喇沁にも侵入した、女史の使命の一つは北京へその間の動靜を通ずることであつた。「兎に角、我身一人のみなれば、其雙肩に我本國を負ひて立ちし心地して、躊躇しては彼らに機先を制せらる、こともやと、心も心ならず、時には王、王妃に請ひて、飛脚を出し戴きしなど、身自ら驚かる、ことさへ行ひぬ」とのちに回顧して誌した。それが、この間は

「喀喇沁はいづこ」と嘆いた同じ人である。情報は熱河まで脚で運び、さらに熱河から電送するやうな狀態だつた。當時の女史の書信の一部をひいてみよう、ほゞ旗内の狀態をつくしてゐるし、女史の立場を推察するにも便である。

（前略）旗内に於ける一般人民は戰爭と申すことがよく分り申さず、大砲や、地雷や、水雷や、軍艦やを彼等に了解せしむる樣說明するは、非常に困難に御座候。（中略）しかし王府内の官僚に至りては、略ぼ戰爭の意味を解し居り、更に最もよくも○國を知り居候（中略）之れ○國の懷柔策が此の邊陬にまで、及び居候を證するに足るものにして、○人の根氣強く、功を永遠に期する一事に至りては、驚嘆の外これなく候。聞く所によれば、先王參覲の際、在北京の○公使は必ず王を招待して饗應し、宴散じて歸宅の折には、必ず四千兩を贈る例にて（中略）されば官僚の多く、否殆んど總ては、○國の同情者にして戰爭は結局○の勝利に歸すべく、今○の惡感を買はゞ後難恐るべければ（中略）など王に勸誘するものこれあり候、王御夫婦は賢明に渡らせられ、

眼前の小利に迷はせ給はぬ御性質にはあれど、○の懐柔策は、王の脳裏にも浸潤いたし居り、其去就につきて、事態容易ならざるものこれありしが、百方努力いたし候結果、遂に王をして○に背を向けしめ候。（中略）昨今○人の手先なる北蒙古人及び○國人多數當旗内に入り込み、陰謀をめぐらし居る様子に御座候、又礦山技師と稱する洋人一名、此程より府内に逗留致し居候が、極めて胡亂なるものに候。此の間王が誘惑と迫害との包圍を受け居らるゝは、確かなる事實にこれあり、隨つて此場合に於ける自分の責任は、甚だ重大に候。事情此の如くに候に、此地に於ける本國人は、只自分一人に候へば、何時如何なる目に逢はんも測りがたく、萬一の事これあり候節は、國家のために、身を捧げたるものと思召下され度候。（中略）裏面の運動にも忠烈壯烈の志士少なからず候。其第一の組は、二月二十八日當地着、第二の組は○○より東方に進まれ、第三の組は三月十二日、第四の組は同月二十日何れも當地へ着せられ、更に部署し、準備して、其れ〳〵深く虎穴に驀入せられ候が、其艱苦は到底筆紙の盡くす所にあらず候。（下略）

この書末尾に誌されてゐるのが、志士に關する消息である。この第一期特別任務班が喀喇沁に入つた經過については、種々脚色された物語や佳人の奇遇を云ふ傳説もあるが、小生は蒙古土産をもとに語らうと思ふのである。

この第一特別任務班は四十六名で通信交通の破壞に當つた。既記の伊藤柳太郎もその指導的一員であつた。沖、横川の名で代表して傳へられる北京で血盟した志士は實數四十六名、なほ別途任務遂行中のゆゑに宣誓におくれ、編成に除外されたことを痛恨して自刃した堀部直人を加へて四十七名である。それにさらに第二班を加へると合せて七十餘名となる。この第二班の方は馬賊を集めて武力行動に出、後方攪亂を行つてゐる。普通特別任務班とはこれを總稱して云ふのである。二月八日仁川沖の露艦撃沈の報が北京に達すると、直ちに八達嶺の電線を切斷して歐亞連絡線を中斷したのも、この第一班に屬する前田豐三郎らの一隊である。小生はこれらの人々の行動を考へると、つねに慄然とするのである。小生は今日我々インテリゲンチヤといふ種類に入る人間の一人であるから、この慄然たる感動を迂囘して漸くに味ふのである。しかしこゝで云へば、例へば沖、横川の像で感じられる國民の感覺は、一般に、我々が考へてのちに慄然と味へるやうなものを、發想や評價識別の根底の自然にしてゐるやうなたのもしさがあるやうに、最近小生は思ふのである。河原操子の行爲は純粹といふより自然であつた。それは日本に多い一番多い「女性」が、思ひに理論上から云ふ純粹なものも不可缺であらうが、より必要は自然なものである。

はぬ機にふれて意外の表現をもつた適例である。新しいものでなく、古い傳統の確證を、一等新しく又純粹の形式で敢行されたことである。私にはその文學も性行も、さういふものとして大へんありがたいのである。時局に乘じて出來がたきをなした人を稱するのではない。どこにもある日本の「女性」の一つの像を、私は現在の瞬間の偉大光榮の教訓としたいのである。あるひはそれは女史の文學に現れて、一そう濃く表現されたものである。その文學は一等あたりまへの普遍的なものである。その價値をとくにはいさゝかも今日の文藝批評界の文藝價値を云ふための何かの言葉の援助を要しない。むしろ日本の若く美しい女性の心のふるさとには尙存續する鄕里の血といふ普遍のものを顧みれば足りるものである。すべての日本の彼女らの心の底に流れる血の一番普遍自然なあらはれを、小生は一人の河原操子の文集によみ、女史の行爲に照し合せたのである。崖をとぶ心がまへからものを押し進め考へ行つたのでなく、崖をとぶ偶然に出會つて、日常の自然をそのまゝ生きたのである。この人のもつた偶然の時を通じて異常の人格を云ふまへに、私はこの人にあつたすべての日本の美しい少女に共通したものを云ふ所以である。さういふ心情の面の立派さを行爲の偉大と照せ合すことに、小生はひいて日本の今日の批評の遂行としても滿足する見解をもつのである。

「その雄々しさを偲びて、志士に關する日記を抄出せしかど、憚る所ありて、多くは省きつ、省きしは殊にすてがたき節々なるぞ憾みなる」と女史は志士のことにふれて語つてゐる。喀喇沁へ着いた一行が、翌日女史を訪ふ由、脇光三より女史のもとへ傳へたのは三十七年二月二十八日である。喀喇沁を目ざしてゆくことを、途中で始めて知つた脇氏は、幼友達であつた女史の許へ一足早く手紙で告げやつた。女史はこの手紙をうけると明日が待遠しく、錦繪や花瓶などをとり出して、「よろづ室の飾を純然たる日本風に取り繕つて」ゐる時、一足先に伊藤大尉が打合にきたのである。一行は二十九日女史を訪ね、そこに女史も加つて評議がひらかれた。「我は如何なる役目を如何につとめたるかは今は記さず」とかいてゐる。しかし志士らの入蒙と任務を考へるとほゞ推測さるゝことである。「常ならば誰あやしむものなき事柄も、一擧一動監視せらる、やうの心地するむづかしさよ」とかいてゐるのは、王府内官僚がすべて親露派であつたからである。志士らの準備は三月一日に大方のことがほゞ滿足に出來たので、この日は一同で門出の宴をひらき、志士らもみなうち和やぎ、互に姉の如く思はれ、弟のごとく思へると、ふるさとの感傷さへ呼びさました。女史も風琴を奏でて興をそへたりしたが、やがて一同が別れの挨拶をした時には、「胸つとふさがりて、とみに返事も出て來ぬを、やう〳〵涙のみて、いさましき御歸りを祈りはべると僅かに答へまつりぬ」とあるのは、誠に萬感にあふれた情景の想像されることである。一行中の脇氏は女史と少時より姉弟のやうな間だつたので、特に皆よりおそく殘つて、その後の物語や回顧に、また出發の忙しさに物も云はずきた東京の養父へのことづけなどを賴んだ。生還を思はず萬死一生なき旅の心は、交互に通じあつたなど云ふもおろかなことであらう。三月二日の出發が一日のびた、その夕方まへ一人で脇氏は再び女史を訪ねてゐる。さきの日、靴下、肌着などを贐にしたとき、石鹸は辭退して、それでみがいたら支那人のばけの皮が剝げるでせうなどと冗談を云つた若者である。誠に生還期し難い旅であるが、この夕宵の一時が幼友達二人の相見えた最後となつた。その夜も重だつた者が集つて女史と密議を凝らした。「三月三日、後影にても見送りまゐらさん心積りにて、朝夙く起き出づ、窓尚暗うして雀の聲だに聞えぬに、諸士は既に夜深きに出で立たれぬと聞く、打ち見れど、空は低う密雲を凝め、風寒くして飛雲横に舞ふ」志士らは再び見ることなく喀喇沁を離れて行つたのである。この初めの手紙にあつた第一組は、東西兩班よりなり、その東班に横川、沖氏が屬し、一等年若い脇氏もその組であつた。一行は林西の近傍で二手に別れ、横川班はチチハル方面へ、伊藤班はハイラルへと向つた。横川班の沖禎介、松崎保一、中山直熊、脇光三、田村一三、六名はつひに再び故國へ歸らなかつたのである。「打ち見れど」云々のかき方は、稀有の離別を云つて、大そうな文章だと思へるのは、私の感慨である、行く人々を思ひ、留つた人を考へると惻々として耐へがたいものがあつた。

三十七年五月より九月まで女史は主に熱河北京の通信線と、蒙古奧地をつなぐ任務につき、聯絡情報の任に當つてゐた。その間の往復文書の二三、文集中にも誌され興あるものだが、こゝに引かない。女史がつねに露國側の勢力に身の危險を味はされてゐたことは、想像に難くないことで、「我は、王室教育顧問の名にて、行きしとのことなれば、如何とも詮方なかりしものの如かりしも」などとかいてゐる、しかし「父より授けられし懷劍は寸時も身邊を」はなさず又「護身用のピストルも常に身近く」に備へて、荷物の整理にまで萬端の注意をはらつてゐたのである。この間「表裏の事情」云々と云つてゐるやうに、學堂の方の經營も細心に着々と行はれてゐたことは云ふ迄もなく、園遊會を開いたり、あるひは三十七年の秋のころからはよく王妃と共に旗內を遠乘りし、旗內を視察しつゝ、一方王に林業農業などの改善と創業を勸めたりした。さういふ結果三十八年六月より十一月に內田公使の盡力などあつて、高橋工學士町田農學士の入蒙調査があつたのである。王のさういふ進步ぶりにはさすがの內田公使も驚いた程であつた。第一特別班の志士の指導者の一人だつた伊藤大尉が三十七年十二月十五日附女史に出した手紙の中で、錦州で女史の教へ子の蒙古少女の作つた編物を見、その進歩に感激し、用務文中につけ加へて報じてゐることも、好ましい武人の風情である。その手紙は熱河で書かれたものか遼陽のものかは、小生には不明である。女史の方からも蒙古兒童の作品の紹介を依頼したり、蒙古人に與へる藥品配給を乞ふ手紙を志士に托して北京に送つてゐる。それらの一束の手紙の中に脇光三の實父淺岡一と妹淺岡和歌の一通づゝの手紙が入つてゐて、兄の生死不明の後報をきいてゐるのは胸をうつものがある。横川、沖二氏以外の四名の戰死は、戰後橋口大佐らの踏査などがあつて世に知られるに至つたのである。

三十七年十二月女史は參覲の行列に加つて北京に入京した。十二月二十四日王府をたち、一月一日に北京に着した。この參覲の行列に加はる女史には駱駝轎を與へられたが、蒙古少女たちは別れを惜んで、列をなして十清里の間も女史につき從つて離れず、中には歔欷するものもあつた。女史も胸ふさがつて「云はんやうなし」とかいてゐる。王、王妃を初め王家の人々は駱駝轎に乘り、太福晉と福晉には親王家の格式ある美しい轎の飾がつくなどと、清朝參覲交替の樣式を誌したものも小生には感興がわいた。護衞百五六十名、馬二百五六十頭、豫め送る荷物が車十臺で先發する、馬牛が牽き、北京までの日數三十日を要して、費用も一臺あたり三百圓位だつたといふ。旅舍の設備は王といへどさして變らず、先着の侍女が部屋を掃除して到着を待つ。その旅の間女史はつねに王妃と夜具を接して寢ね、寒い夜などお互に手をにぎりあつて睡つたりした。さういふ行爲が、すべて自らにあらはれたものであるのがまことに樂しいことである。王妃がどのやうに女史に信賴してゐたかは、かういふ一二の插話でもわかるところである。さういふ信賴は功利や純粹理論のなしうるところではあるまい、稚い外國の少女が政策や策略になつくものでないだらう。「喀喇沁はいづこ」か、誰も知らないそのみちを、女史のやさしい日本の女らしさの至誠が、ひとり知つてゐたのである。この三十七年末より八年初にかけての入京の時にも、歸朝して生來蒲柳の質も養ひ、一身の落着をすゝめるものがあつたが女史は王妃の厚情と蒙古少女の純情を思つて、再び入蒙したのである。さうして三十八年暮にはやうやく事業の一段階も終つたので、身體の靜養と、新しい知識と抱負も得、出來うればよき代り人を求めるか、さもないときは再び入蒙する決心で、一應喀喇沁を去ることとしたのである。その歸朝に當り、いつまでも日蒙の楔となるやうにもと思ひ、三人の留學生を伴はうと考へた。王妃は女史の大へんの骨折りと王の說服の結果漸く王府の重臣の娘三人を得たのだつた。王妃はなか〳〵に女史の歸國を肯んじなかつたが、さま〴〵に人を以て事情を通じたりしてつひに別れねばならぬ日がきた。三十九年一月二十四日、喀喇沁王夫妻は前例にないことだが、一外人の見送りのため驛頭に出られた。北京の驛頭には公使夫人を始め日本人の見送りも多かつた。王妃が必ず再び入蒙されよと女史の手を執つて云ひ、一二年の中にはと答へると「誓ひたるぞ忘れ給ふなと仰せ給はりて、よゝと泣き給ふ、王妹も生徒も劣らず泣きぬ、他の貴婦人方も、此樣に眼うるほされぬ。……汽笛は情を新にすべく、新なる景に向つて我等を運びぬ。」始めて上海に渡つてより三年間である、短い三年であるが、それは美しい花時のやうに、一人の若い女性がいのちの總てを獻げて身を投じて悔いることない期間と運命であつただらう。美しい短い期間を、人から人につないで、さうして築かれる事業こそ、小生には駿馬の骨をあがなふやうな世俗よりありがたく思ふのである。女史の三年を考へても、すべての青春の美と心と叡智を、その一時の花時に獻げられたやうな變化の日であつたと、今の小生にさへ遠く思ひやられるのである。それは女子のなしうる美しい事業の一つであらう。後年女史は家庭の平和の人として、名望を求めない靜かな人生に、子女のため、世の平和の事業のためにささやかな地位にあつて盡してゐるやうである。さういふ點も心にくい美しさをもつ一生ではないか。その花時のためにすべてを盡すことは惜しむべきでなく、むしろ美しい至上の一つでなからうか。その瞬間こそ生涯の光芒の集中を强ひるものであらう。最もよき時代と民族の美しい日は思ふにさういふ心ばへを國の自然の意志として持つ日でなからうか。戰ひの日はまたさうした日であつた。

三人の蒙古の少女を伴つた女史は二十四日北京を發ち二十五日より二十八日まで天津に滯在し、總領事や軍司令官の慰勞の意味の送別の宴に日を送り、二十九日秦皇島、三十日芝罘領事館に入り、二日發、四日仁川着、五日釜山、七日長崎についた。「我は三年の日月を十年も過ぎたらんやうに覺え」「胸は頻りに喜びの鼓動を高めぬ、生徒等は互に山水の美を稱へつゝ、斯る美しき國にあらんには、幾年の長きも厭はじ只力のかぎりいそしみてなど語りあひぬ」三人の少女達には見るものみな驚異であつた。汽車に驚き、汽船に驚き、海に驚いてゐた。しかし女史の心づくしの深さに安心してなついてゐた。初めての旅の宿に、よく睡つてゐるだらうかと、女史は何回も隣部屋に眠る子らをうかゞひ、初めの一夜は反つて女史の方が眠れぬやうな始末だつた。しかし少女らは始めての海の旅に船暈もせず、無事長崎についたのである。八日門司、九日神戸、「翌十日、午前九時半事無くして平らかに東京新橋には着きぬ」と結ばれてゐる。

生來病身の女史がよく困苦と缺乏とさらに疾病のさ中に耐へたことは異常の精神と愛情と至誠の力であつただらう。女史は功によつて戰後勳六等に敍せられた。やがて後繼者もあつたが、女史創業の功は永く後にまで殘された。數多い教へ子の少女たちは、女史の考へたやうに支那の家庭に於て夫人のもつ影響力を充分發揮して、女史の教へを實行することに努めたやうである。この先驅者は單なる理想家でなく、心憎いまでに美しい態度と情熱をもつた實行者であつた。それは日本の女らしさの自然の發露であると、小生はその實行の力がどこにあつたかをいふために、女史の文集を語つて、一通りの事業以上のものにふれたかつたのである。美しいことばの多い文章であるが、それらは今日のあれやこれやの文名を得た女性や少女たち、また文筆の人ではない女性たちの文章とも異る心ばへのもの、さうして市井の日本の女性一般のもつ美しさであることは、少くとも小生が拙文中に引用した部分だけを通じての讀者も肯ずるであらう。

「三人の喀喇沁《カラチンをとめ》少女は境を踰えて旅すること初めてなり」に始まる文章も小生には速讀に耐へがたいものである。蒙古少女を日本へつれてきた見識のえらさの奥にある心ばへを、小生はこの一行のことばに味つて心あた、かくなるのである。喀喇沁少女《カラチンをとめ》、この日本が最も美しかつた日あの萬葉集の中にだけ發見されるやうな浪曼的なことばを、さうしてそれで壓搾されたやうな背後の世界と事業と精神を一貫するものを、久しく小生は廣々とした新しい土地へ向ふ今日の心と思つたことだつた。この浪曼的なひゞきも美しい、詩のやうなことばで始る一行の文章を口誦みつゝ、小生は心もちの高なりを耐へがたくするのである。さうして今日の人々はこの美しいことばをかき得た心ばへが、日本の歴史を通じてたゞ一人の女性河原操子にのみ與へられてゐた恩寵であつたといふことと、それがまた彼女の人工でなく自然であつたといふことを、二つ合せて記憶する必要がある。小生はすべて一等平凡な市井田園の女性たちに、なほ「河原操子」の心ばへを見つゝ、これを語つてゐるからである。さま〴〵の日を經てきたのちの、さわやかな朝の旅だちに、このやうに美しいことばを書き得たことは、もとより報酬ではないけれど、神の與へる無限慈悲の愛情とも云ふべきであらう。これは多くの天才詩人たちの無數のことばの中にある僅小の詩句のやうに、たゞ一人の河原操子にしか書けない詩句であつた。

木曾冠者

一

壽永二年三月上旬に、木曾冠者義仲と鎌倉の前右兵衛佐頼朝の間の不和が傳つた。平家物語ではこれが義仲と頼朝の交渉の始りであつた。

頼朝が以仁王の令旨を奉じて擧兵したのはこの三年まへの治承四年八月十七日である。相模國住人大庭三郎景親が早馬で注進して、仔細が福原の平家に判明したのは九月二日の日、頼朝は既に廿二日石橋山合戰に敗走したが、安房へ逃れ、内々源氏に心をよす者も少くないと傳へた。清盛の激怒と不安のなかで、平家は十八日新都を發ち、十九日京都着、二十日に維盛を大將軍として三萬騎で京都を發足した。ゆく〳〵諸國の兵を集めて十月十六日駿河清見關に着いたときは七萬騎となつてゐた。その頃では頼朝の再擧は着々進捗してゐた。たゞ阪東勢の情勢は平家にわからない。たま〳〵平家勢で一人の雜色を捕へた。調べると常陸源氏佐竹四郎の下人で京の女房のもとへ遣る文を携へてゐる。雜色はとがめられなかつたが、源氏の軍勢について訊問された。「下臈《げらふ》は四五百千迄こそ、物の數をば知つて候へ、其より上をば知り參らせず候、多いやらう少いやらう、凡そ七日八日が間は、はたと續いて、野も山も海も河も皆武者で候。昨日黄瀬川にて人の申し候ひつるに、源氏の御勢二十萬騎とこそ申し候ひつれ」と答へた。浮島原に源氏が勢揃へしたとき關東は全く頼朝の旗下にあつた。この雜色の言は平氏の上下を震撼させた。京方では武士にとつてさへ東國《あづま》はまだ野蠻未開、そして物怪の主の住む地「情なき東國」を意味してゐた頃である。

大將軍維盛は軍評定の席で此度の軍の東國の案內齋藤別當實盛を召して、「汝程の强弓精兵、八箇國にはいか程あるぞ」と問うた。問はれた齋藤別當はあざ笑つて、次のやうに答へた。「君は實盛を大箭と思し召され候にこそ。僅か十三束をこそ仕り候へ。實盛程射候ふ者は八箇國にはいくらも候。大箭と申す定《ぢやう》の者の十五束に劣つて引くは候はず。弓の强さも、健なる者の五六人して張り候。かやうの精兵共が射候へば、鎧の二三領は容易《たやす》うかけず射徹し候。大名と申す定の者の、五百騎に劣つて持つは候はず。馬に乘つて落つる道を知らず。惡所を馳すれど、馬を倒さず。軍《いくさ》は又親も討たれよ子も討たれよ、死ぬれば乘越え戰ふ候。西國の軍と申すは、すべてその儀候はず。親討たれぬれば引退き、佛事孝養し、忌《いみ》明けて寄せ、子討たれぬればその愁へ歎きとて、寄せ候はず。兵糧米盡きぬれば、春は田作り、秋刈收めて寄せ、夏は暑しと厭ひ、冬は寒しと嫌ひ候。東國の軍と申すは、すべてその儀候はず。その上甲斐信濃の源氏等、案內は知つたり、富士の裾より搦手にや廻り候はんずらん。かやうに申せば、大將軍の御心を臆せさせ參らせんとて申すとや思し召し候ふらん。その儀では候はず。但し軍は勢の多少により候はず、大將軍の策によるとこそ申し傳へて候へ」これを聞く平家の兵らは、皆震ひわなゝきあつた。同じ廿四日卯の刻を以て源平矢合と定つたが、廿三日の夜、平家の軍勢は山と海にみちた火をみた。それは、兵亂をさけて野山や海に逃げ出した百姓の營みの火であつたが、平家では別當の講談した搦手に廻つた甲斐の源氏と思つて了つた。水鳥の音に驚き遁走したのはその夜のことである。

この潰走を描寫して、「平家物語」は活動寫眞より巧みに表現してゐるのである。しかしこの遁走の描寫よりも、西海に落ちてゆく平家の逃亡を記述した、逃走記の構成ははるかにすぐれたものであらう、恐らく世界文學の中にあつても最高に美しい出來榮えの不安の文學、一つの終末意識とその中に於ける大衆と人間の悲喜と勇壯の種々相を描いた文學であらう。そこには不安と終末感があらゆる形相の中に脈うつやうに表現されてゐるのである。人間の虛空への逃亡の心理をリズムとし、時代と人間の心理を地の文として了つたやうな造型である。諸々の人間界の森羅萬象から抽象されたものが、又改めての形に造られてゐるのである。それは單に頽敗した一つの制度や形式の終末を理解して、理論や理窟で語つてゐるのではない。頽敗した形式の終末のもつリズムが、想像も出來ない的確の造型で表現されてゐるのである。あるひは富士川敗戰記だけをよめばユーモアを感じるであらう、次々と續けられた逃亡記を一貫するとき、讀者はもう個々のユーモアであつたものが、不敵な頑強な恐怖の、一つの鬼氣の表現にまで昂つてくるのを感じるであらう。かういふ阪東の事情を反映した世相が平家以外の京都の人々にどう現れてゐたかといへば、當時の京都の事情を刻明に記録しておいた九條兼實の「玉葉」の治承四年十月廿九日の項を見れば「傳聞、阪東逆賊黨類、餘勢及二數萬一、追討使尫弱無レ極云々、誠我朝滅盡之期也、可レ悲可レ悲、未刻許、俄天陰、大雨大風雷鳴、是天變歟、可レ恐々々」とある。「我朝滅盡之期」といふ發想の形式は、王法佛法共に滅ぶ時といふ同じ日の考へと共通し、時代の風潮的感覺であつた。兼實の如き當時の最高知識が精密な社會意識の記録を殘して、始めは阪東の蠻を怖れ嫌ひつゝ、いつかそれが希望から信頼に變化してゆく末期人の意識や判斷力の變遷を刻明に客觀的に記し止めてゐるのはえがたくありがたいことである。

　木曾の冠者義仲が擧兵の廻《めぐ》らし文をしたのは、平家が富士川に潰えた八月の先の月卽ち治承四年九月である。賴朝は期する所あつて富士川より鎌倉に退陣、關東の經營に專心した、その必要と事情は、吾妻鏡にも盛衰記にも玉葉にもていねいに書かれてゐる通りである。一方木曾擧兵に對する追討使は未だ發向せぬ。京都は不安の中で傍觀をむさぼつてゐる狀態である。明けて養和元年一月に高倉天皇は崩御遊ばされ、つゞいて二月には淸盛は激怒の中に薨去した。

　さて壽永二年といふ年は富士河の合戰より數へて四年目である。その間平家は何をしてゐたか。洲股合戰では熊野の十郎行家を討ち破つてゐるが、つひに致命傷を與へなかつた。大將軍知盛は行家の軍を尾張に始つて次々にうち破りつゝ、東國軍の援軍の噂もあつたが、所勞ありと稱して、あつさりと矢矧川を破つた後京にひき歸した。さらに進んで東國に入れば參遠の武士自ら平家につき從つた筈であつたのに、と世人が評してゐるほどである。

養和元年六月木曾討伐に向つた平家、越後國住人城の太郎助長は軍旅の門出に當つて虚空に「南閻浮提金銅十六丈《なんえんぶだいこんどう》の盧遮那佛《るしゃな》、燒亡し奉つたる平家の方人《かたうど》する者こゝにあり、寄つて召取れや」としはがれ聲で叫ぶのを聞いた。家人は怖れ發向斷念を忠告したが、助長は人の止めるのを聞かずに進むうち黑雲頭上に舞ひ下りたと見る間に、落馬してそのまま死んで了つた。この南都燒却の佛罰といふ思想は、平家物語の一つのテーマだと云はれてゐるのである。さういふ構想から云つても、後の重衡と建禮門院の描き方が、實に美事になつてくる。しかし私は宗教文學風に平家物語を考へるわけでない。養和二年の九月（この年去る五月壽永と改元）助長の弟越後國住人城の四郎助茂《すけもち》が木曾討伐を命ぜられて、越後守に敍せられた。助茂は兄の不吉の例があつたからと強く辭退したが、つひに敕命を蒙つて、助茂を長茂と改名して進發する。二日に越後、出羽、會津、四郡の兵總勢四萬騎を率ゐ信濃に出て、九日に同國横田河原に陣した。木曾は依田《よだ》城にあつたが直ちに三千騎で馳せ向ふとき、信濃源氏井上九郎光盛の計でその勢を七手に分ち、初め赤旗をかゝげて進み、合圖と共に七手の兵が一時に白旗をかゝげて鬨を作つたので、源氏の勢雲霞と見えて平家は總勢敗北した。四郎は追擊をうけて軍勢は潰滅し己も手負ひながらに辛くも越後に歸りついた。飛脚が京にこの敗軍の報を知らせたとき、あたかも平家は宗盛の内大臣任官の悅び申しを行つてゐた。全く東國北國の源氏蜂の如く起つてゐるのも、どこ「風の吹くやらん、波の立つやらんをも」思はないほどにのどかなさまであつた。だがこの平家の風懷には依然王者のもつ傲りがある。あるひは都のもつ誇りであつた。恐らく代々の文化人は禮樂と藝術と享樂の中で滅んだのである。しかも劍戟の中に生れ、劍戟を住家とする人々も亦滅んだのである。さうして周知の如く「祇園精舍の鐘の聲、諸行無常の響あり、沙羅雙樹の花の色、盛者必衰の理を顯す」といふところから平家物語は始つてゐるのである。盛者には二つの型があるだらう。しかし匈奴も蒙古も大唐も清もみな滅んだ。スパルタもアテネも共に滅んだ。つねに東洋の知識人と文化人の空想した生成の理想は、戰國の世に尙武の經營を行ふことでなく、明王の世に生をうけ、春風の丘に新しい春衣をまとつて、一曲の和琴を彈じ、爛漫の花の中に美しい童や少女と遊ぶことであつた。しかもなほそのときに盛者必衰である。それは最も暖き抱擁に冷いものを抱く心の雅懷であつた。最高の享樂主義の發想であつた。そして「平家物語」の描いたものは、我らが時代の修身教程で學ぶ如き、經國の方針に卽しての盛衰觀でない。廣大無邊のかりに佛陀と呼ぶ如き宇宙の眼より見た人間大衆の哀史である。それは一つの變革時代の大衆によつて、大衆の抽象としての不安を描いてゐる、描いて文章の行間に、氣味わるい餘韻にまでひゞかせてゐるのである。それを壯麗な合戰繪卷に構成し、哀愁の悲歌に織りこめて、魂にひゞくリズムの中に、一切の事件を起伏させ、一つの抽象のリズムのために、悉くの大事件を和聲に組立てゝゐる。最も深い同情は、一見つめたいのである、彼らは燃えさかる炎に近づいたときに感じる寒氣から發想を行つた。大きい同情心の純情な現れであつた。さういふ風懷は早い王朝の相聞歌の中にも、彼と彼女らの愛情の化粧法の中にも、まだ發見されない、その美しく冷たい情熱の虛無的狀態は末期王朝のものである。我らの時代は源氏物語、榮花物ものたしを通讀それを恐らくであらう。すでに少いで通讀さへ語はしばらくおき、平家物語の通讀さへすでに少いであらう。恐らくそれを通讀したものは、中世の南都山門大衆に於ける神木神輿のやうに、近代の我々の傲訴の前面に押し出したがる一等重大なもの、一等正義の源のもの、一等美しいものが、我々の父祖に於ては、如何にその正當の場所に於て大切にされてゐたかを知るであらう。我々の近代は、いはば正義のために神輿を振りすて、神木をかつぎ出す代物にすぎないのである。さうしてさういふ傲訴の一見の正しさ、「神威」らしきものの正しさに怖れるものは、すでに頽唐した制度の中の風習にすぎない。英傑清盛はその傲訴のために福原に逃げ、鎌倉の頼朝はそれらを阪東より支配した。

決斷をもたない目前の目的意識——それはその日の合理だつた、一つの時代のものの正しさとはさういふ術策といふ政治のことである——は、ひつくるめて壯大な不安圖繪を、リズムを、高い調子にかきたて、それは野蠻であり概して陋劣を知らないゆゑに陋劣でもあつた阪東に、一つのまだ頽敗を知らない制度を、形態を知らない階級家族をつくる條件を與へた。頼朝が鎌倉を出なかつたのはどこから見ても重大なことである。

「平家物語」は、傳統の評價がさうであつた如く、いつの時代に於ても、異る角度に於て、我々の誇るべき民族の傑作である。我々の死歿した民族の大衆の認定したものはつねに正しく、その大衆は死滅したけれど、彼らが己らの精神の場所を決定しておいた古典に、死滅した肉身の彼らは生きてゐるのである。これは大衆を信じるものにとつて、將來を慮るときの當然の根據である。

二

物語が餘談に入つたが、多くの人びとは餘談の部分に於て、乃ち「文藝評論」をよむであらうか。木曾義仲と頼朝の不和は、壽永二年三月上旬、信州に向つて頼朝が自ら兵を率ゐて鎌倉を發したとき危機に臨んでゐた。かういふ事件が次々とあつたことも平家が「どこふく風」を感じてゐた原因の一つと思へる。しかし頼朝の最終目的を第二としたと思へるやうな次々の行動が、彼の變革事業を自然に培養して行く必然のみちであつた。およそ頼朝の自然な行爲は、今から客觀すれば單に平家に報復することでなくなつてゐた。頼朝の行爲には變革者だけのもつ行爲の矛盾を抱括した自然が、好例の如く現れたのである。さうして一つの歴史の意志の信頼が、頼朝の肉體と恣意の行爲とにさへ表現されてゐるやうに見える。

木曾の不穩が聞えたとき、頼朝は十萬騎を率ゐて信濃に發向し、善光寺に陣をしいた。この善光寺もその近年焼失してゐる。「王法盡きんとては、佛法先づ亡ずといへり、さればにや、さしもやんごとなかりつる靈寺靈山の多く亡び失せぬる事は」と人々は末世の王法佛法の將滅を嘆じて悲んだ。頼朝出發の注進をきいて義仲も三千騎を率ゐて依田城を發し、信越の境熊坂城に出た。しかしこの源氏の二將軍の對陣は、木曾の傅子《めのとご》今井四郎兼平の折衝によつて辛く事なきを得た。義仲は、長子清水冠者義高を質とし、それに海野、望月、諏訪、藤澤など、木曾黨の有力の兵をつけて送つたのである。

賴朝は猜疑心の深い人で、それが英雄としての一つの重大な缺點と云はれた。しかし賴朝の所謂猜疑心は、今から思へば一つの變革的制度を作るために自然に必要な、さうして家庭感情などの如何ともできない理法の現れであつた。賴朝を考へるとき、世界の沒落と家の沒落を混同する如き、家族へのセンチメンタルを持つてはならない。政治といふ概念が變革に臨んでゐた、賴朝を當時の院政派の人々や後白河院の如き政治家的天分に比べるなら、全く子供のやうな素人にすぎなかつた。しかもすべての政治が無力であつた。軍隊の對立は政治でなかつたのだ。ある意味で時局の收拾者となつた先見ある兼實のその期間といへば、たゞ念佛を誦する日常だつた。賴朝が王朝末期の不安な世相に於て如何に賴もしげな人物であつたかは、諸書が的確に記錄してゐる。何氣なくかいた記事からさへ今はさう見えるのである。賴朝は自らにして家族を作る英雄でなかつたのである。內心の如何によらず、客觀的には正統源氏一門の永久執權を計ることのみ考へることの出來た時代ではなかつた。賴朝の時代に於て、權力は家族の形式に停止しなかつた、清盛はその間の事情を知らなかつた。賴朝は自然にその事情を身につけた人のやうに、反對を自然のまゝに行爲した。賴朝は自身に權力を集め、英雄を形成し、時代の歷史の意志を形相した。それは院政にも淸盛にも不可能だつた。北條氏はこの形相の奴隷となることによつて家族をほゞ賴朝の三倍に亙る間維持したのである。賴朝は主であり「原始」であつた。その主は平家の「主」に反對しその「終末」にも反對する。賴朝が自然に意識せずに知つたもの、淸盛が知らずして逆つたもの、それを意識的に知つた人は定家の弟子なる賴朝の子實朝である。從つて實朝には後鳥羽院を中心にした俊成西行の三尊形式に對するある氣質的、氣運的、自然的な親近があつた。

日本の古典時代の精神と發想とその系譜を解明する最も重要な鍵は後鳥羽院である。そこに日本の文藝の過去の意志はすべて集り、それより以後に發する流れの源のすべてを藏するのである。芭蕉が近古と近世の橋であるなら、院は近古と中世との橋である。我が傳統の文藝が、それを不運の院によつて象徴したことは我々末世の民にとつても畏れ多い事實であつた。後鳥羽院のいました故に、永い武家と戰亂の時代にも、院の直接に指導された國ぶりの文藝のみちが、隱遁と彷浪によつて末世のヒユマニズムを生きた知識人の手で反つて日本の寒村にまで普及し、それはさらに彼らの口承の家族意識を、都に、一つの民族意識としての「日本」に結びつけたのである。僧形の隱者となつた知識人は、まだ造型さへもたなかつた地方の口承文藝を、たやすくも日本の文藝に變形した。彼らは已らの父祖を極めて自然に、某親王の流れと口承して了つた。今日寒村の地に我々は、むしろ直系の日本人の傳說の血統を發見するのである。漠然たる家族意識は具體的な民族の血統意識に改められた。院政の實體が消滅しても院宣は重んじられ、武士の物語では久しく院宣が重大であつた。大義名分は反つてのちにあらはれるのである。さうして抽象的な「日本」の實體を知つたのである。京都を爭霸することに、敕命を奉ずる意味を知つたのである。建武の御時、京都を去られたみかどの敕命を奉じ親王を奉戴したものは、全國のほゞ半數を占めてゐたのである。これは承久の御時に比べてむしろ古が思へるのである。

即ち物語を離れた閑話に入れば、「平家物語」を論じることは自ら語り物としての平家物語流布の状態に及ばねばならぬであらう、少くとも今日殘された地方產の合戰記には、平家物語が地方に於て地方色をもたされ、地方の何のモラルもない民話的爭闘記が、何某の院何某の親王の、さういふ形の系統に作られたことが知られる。のみならず平家物語は地方に於て、變形物を夥しく作つたであらう。我々は若干の刊本に於てそれを現にもつてゐる。文藝がどういふ形で、高次から低次に入つてゆくかを知る簡單な手びきがそこゝにある。しかもそれはなつかしい形の流布である。文藝のモラルの低度化することは、西歐文藝が今日の日本の流行文藝界に再現した場合を例にせずとも、我らの父祖が殘してゐることも事實である。たゞさういふことと別に「都」の流れの文藝に、私はけふの血統の考へを描くにすぎない。そこには傳承の變貌もあつた。のみならず平家物語を語ることは、わが文藝の源流と傳統としての後鳥羽院を思ふ一つの手だてである。平家物語に描かれた院は何分幼少の御事とてまだ明帝の誇りを以て、この作者も描いてをらぬ。院のためにはやはり增鏡の作者を招かねばならない。しかも文藝史的に平家物語はなほ私にとつて、「後鳥羽院」論中のものである。

平家物語を語るものは、極めて漠然とした名稱を用ふれば、和泉式部、紫式部、赤染衞門、淸少納言を包藏する時代としての「一條院の御代」の女性文化、及び式子內親王から建禮門院右京大夫、阿佛尼（かりに、うたゝねの記、いざよひの日記の二つの作者）をもつ「後鳥羽院の御代」の女性文化の比較から考へねばならない。のみならずそれらを指導した當時の男性の文化の特長にふれねばならぬのである。しかし平家物語が凡そ「うた、ねの記」の如き心理文學を作つた世界と人間と生活を、その描いた物語の中に何一つ記錄してゐないことは、恐らく後世の物語作者の手柄である。

平家物語は非常にポピユラーなものであるが、「うた、ねの記」の方は未讀の人々が多からう、私はこの短い物語が今の人の一讀に耐へるものであることを云ひたい。それは王朝の物語が、そのゆきついた末期に於て、どんな美しい形の崩壞をしたかを示す、絶好の心理文學だからである。我が王朝文化が終末的に集積したやうな、珠玉に比すべき名品だからである。さういふものは末期に於て始めて現れるものであらう。現代人にとつては、平家物語を傑作といふ勇氣は失はれてゐても、藝術を愛するすべての人々はなほ「うた、ねの記」や「建禮門院右京大夫集」を、古代の愛すべき作品と斷言する一つの勇氣を失はぬであらう、勇氣は失つてゐても氣どりはもつてゐるであらう。

さらに平家物語を語るものは、後鳥羽院からとびにとんで近世分岐をなす芭蕉にまでゆかねばならぬといふこともすでにかいてきた。院ののちに始る俳諧こそ、日本の散文文藝を導くのである。俳諧による文藝傳播の記錄として、「宗長手記」風の書を、こんな興味ふかい精密な書物さへ我々はもつてゐるのである。しかしかういふ云ひ方はさしおき、「うた、ね」に終つた、否、完璧に達してくづれたときの物語の抒情精神は、改めて回顧すべき必要――まさに必要がある。それはつひに中斷されたのである。何故中斷したか、何故近世の天明化政の復古派の天才たちによつてさへ新しい粧ひで再びされなかつたか。蕪村も秋成も涼岱もその道はちがふからである。

三

平家物語の中では、木曾は僞畫化された筆頭である。だがかういふ僞畫化は、なつかしいあり方で、いつまでも現代人にせまつてくる。さういふ魅力を單純にリアリズムと云つて了へばそれ迄である。高倉天皇、後白河院、建禮門院、忠盛、淸盛、重盛、宗盛、成親、源三位、重衡、薩摩守、維盛、文覺さうして賴朝、木曾、義經、これらの主要な歷史的人物が物語の中に明瞭にうつし出されたことも、その物語が近代意識で以て型を描かうとした作爲の全然ないもの故に驚かる。しかもそれらの物語の人々と事件を一貫してゐるものは、諸行無常の念佛の聲である。美しい建禮門院の御女體に作者の象徵したもの、平家の公達の想像も出來ない逃亡事情に造型したリズム、それらはやはり南無阿彌陀佛のリズムである。東方の武士の勝利さへ無常迅速の響に伴奏されてゐたのである。野蠻な東國武士さへ、何かがあれば「鎧の袖をぞ濡らし」てゐたのである。

淸盛から重盛へ、さらに維盛へとくるとき、物語は平家の公達の姿を巧みに描いてゐる。それは人物の抽象的描寫である以上に歷史の描寫である、運命と歷史を人體によつて描いた、狂言綺語の理を以て、讚佛乘之因、轉法輪之緣を描いたものといふべきか、平家物語作者の意企は正しく完成されてゐると見える。單に敦盛と熊谷の物語に於てのみでないだらう。

たゞこれらの登場人物中に於て、鎌倉殿と平家の公達の二つの型が截然と竝んでゐるのである。平家の重盛が、清盛の首が梟される夢を見つゝ、自ら好んで死んでゆくのも、たくみな狂言の類であらう、物語作者の描いた巧みの狂言綺言である。重盛は早逝した。物語の中の名君高倉天皇の御行蹟は、やはり恐らく頽敗して了つたモラルの保守維持の形である。この帝は早く崩御遊ばされた。後白河院の物語は、政治家としての頂點に達しながら衰頽した院政形態のあらはの具現である。だから問題は二つである。この二つをつなぐ歴史的タイプとして、木曾冠者と九郎判官は描かれてゐるのであるからます〳〵平家物語の作者の憎々しげな明察が躍動する。

木曾と九郎の沒落には相共に必然性があるのである。それは平家物語の作者の示した通りである。二つの歴史型として同時に人物型であつたものの橋となつたこの二人の人物は、共に頼朝の前に滅されねばならない。卽ち平家物語は英雄を主人公として、英雄を描いたのみではない、こゝには價値の一切の無常迅速が描かれてゐるのである。一つの大衆の宿命が、制度の運命が、永久のくりかへしが、一巻の哀史として描かれてゐる。勝敗の主は、その裁可は、永久な自然の眼から、超越され、無視され、兩者は等しい悲哀と沒落と自虐の中に描かれた。この物語が東方の思想を情緒に表現した第一等の傑作と思へる所以である。その點に於て平家物語の作者は、一切の凡愚の人間に同情の眼を以てのぞんでゐる。こゝに僞畫化されたと書いた木曾冠者にしても、いはゞ時代が僞畫化したのである。平家物語の作者の手を通して寫されるとき、その主人公木曾はむしろなつかしく、極めてかなしい相姿で我らの眼に再現するのである。

この物語圖解に於て、判官と冠者は必要であり必然な橋だつたのである。そして後世の判官贔屓の感傷化に對し、冠者は僞畫化として現されたのである。平家の沒落と逃亡の始末を、この世のものと想像されない不安無常の終末の宿命相に於て描くことによつて、逃亡の美化を描いた平家物語の作者は必然の沒落に對してどんな感激も比較計量も描かなかつた。一切を自然化し美化したのである。能登守の最後にしてもさうである。敦盛討死にしても、無氣味なまでふらふらとした步調で敦盛は渚にひきかへしてくる。そして名乘りさへあげない、そこには勝者のやりきれない負目があざやかに描き出されてゐる。勝者の熊谷直實の方が怖ろしい無常觀の如き恐怖にうちまかされるのである。それは美化として沒落を描いた、則ちもののあはれである。

英雄と詩人と文化の沒落のときの、あの豪快な饗宴——英雄と詩人と文化とを完成する豪快の饗宴を、悲壯な最高音に協和したのが、近い世に日本人の知つた西歐の表現である。我らの父祖は古より、その饗宴の場の終りを美化して、そこに哀愁のもののあはれを印象してゐた。

我々の東方の詩人は、自分の思ひを自然が同情し共感するといふ考へ方を自然に對して、表現したのである。自分を自然の中に表現する（征服）代りに、自然が自分を表現してくれるといふ考へ方である。我らのもののあはれはやりきれない熊谷を作ることである。沒落の饗宴を主觀的に露出する代りに、我らの國人はそれをほのくらい窓より眺めて美化したのである。我らの國の美的理念は、まさに罪なくして配所の月を見ん、と都の明月に落涙して吟ずる。木曾の沒落は一つの僞畫とされ、判官沒落は義經記あたりで大へん民衆的な饗宴に描かれた。むしろ民衆生活のセンチメンタリズムだつた。義經記もまた將來へかけての日本の文學の一系統を代表するやうな大様な大衆文藝であるが、文藝作品としては義經記と平家物語は懸絕した差があると思ふ。同じく二つを私の文藝評論の素材としても、一つはまことに及び難い文藝作品である。平家逃亡記のあの淡々として淵瀨も底もない怖れは、有史以來の文藝がよう書き得なんだところ、今後にも描き得ないところであらう。

九郎判官と木曾冠者は、平家沒落と鎌倉殿の建設を完成するために必然な橋であつた。平家物語の作者が、木曾沒落を描きつくして、平家沒落と異るものを描いたが、つひに義經記の後半をこの中に書かなかつたことは、義經沒落が、平家沒落と全く様相を異にするからである。平家沒落のときの、美しい悲壯の敗戰は、義經沒落のときの事情の中には發見できぬであらう。前者は一つの壯大な世界の頽廢と沒落である。世界をもつた家族の沒落である。後者は單一の家庭かないし政治の問題である。平家物語が灌頂卷をつけ加へて建禮門院の美しい御往生までを描いたのは、平家といふ家庭を中心にしたからでない、まして佛說のためといふだけでは文藝批評とはならない、作者は一つの家を手づるにして、一つの世界の最後までを描かうとしたのである。この物語に義經記奥羽戰記の入つてゐないことは、誰一人としてさういふことを疑義せぬであらうが、やはり作者の秀れた眼と世界観によるのである。女院崩御までを記した作者は、女院崩御の建久二年二月に先たつこと二年の義經の自害を記さなかつた。諸行無常の一つとしても記さなかつたのである。義經が世界をもたなかつた如く木曾にも亦世界がなかつた。その間の事情が、平家物語の作者の手によつて、懐しく僞畫化された原因であらう。しかし平家物語の作者は、凡そ人間の可能な同情を旭將軍の上に注いだのである。それは僞畫化されつゝも、一等なつかしい璞石の如き武人として、この哀史の中で一つの悲哀の主人公を演じてゐることでも知られる。

橋の役目が如何にかなしいものか、宇治、勢多、といづれの橋も、源平いづれかの手で矢合せのまへに落されるのである。義經の場合など、讖言か、猜懼か、單にそれのみでない。それらはもつと自然な歴史の意志が人間に現れ、家庭に現れた場合である。のみならず、賴朝はすでに家庭の英雄として生れたのでない、自然に世界をもつた英雄として現れたのである。賴朝は物怪になやまされた淸盛の末期など知らなかつたであらうと思はれる。

義經と木曾を竝べて、その沒落の形を暗示するやうに、平家物語の作者は書いてゐる。元暦元年十月三日、(この元暦は都で用ひた私年號で當時安德天皇は屋島に行幸されてゐたから、後鳥羽天皇の治世はこの翌年卽ち文治元年からである)京都の新帝の御禊《ごけい》の行幸があつた、當時諸國の民は戰亂に疲弊してゐたが、なほ大嘗會は花やかに行はれ、この行幸に五位尉に任官した義經が先驅する、(當時義經は賴朝の許可なくして任官したやうなことから、賴朝との間に不和を作り、平家討伐は範賴に命ぜられて、空しく京都に止つてゐたのである）それを世人が評して「是は木曾殿などには似ず、以の外に京慣れたりしかども、平家の中の選り屑よりもなほ劣れり」といつた。こゝに義經の運命に對する一つの暗示がある。

義經殺戮にはなほ後世も肯じうべき理由があつた。凡そ理由なくして何かの人間外の意志、制度の意志に殺されたやうなのが範賴のうけた怖ろしい殺戮である。色々の場合の賴朝の肉身殺戮を見れば、もう賴朝が單純に猜疑の人であつたからなどとはいへないのである。賴朝は天の意志を肉體化したやうな變革者であつた。賴朝の眼には家族と家臣と敵の區別もなかつたのであらうとさへ思へるのである。深淵のやうな大度量として物語作者も誌してゐる。御禊の行幸の頃範賴は藤戸に平家を敗つたが、屋島に逃げた平氏を追へず、室、高砂の遊君遊女を召し集めて「遊び戯れてのみ月日を送り給ひけり、東國の大名多しといへども、大將軍の下知に從ふ事なれば力及ばず、唯國の費民の煩のみありて、今年も既に暮れにけり」云々と書かれてゐる。かういふやさしい範賴が殺された理由については、一つには範賴が義經追討を辭退したこと、二つは曾我兄弟の敵討の報が鎌倉へきたとき、賴朝も襲擊されたとの噂になつてゐたので、例へ兄が遭難しても私がゐるからと政子を力づけた言葉がいけなかつた、それから次々に起る事情は周知であらう。範賴はそれらから見ても實に氣の毒で、義經の方はまだしも自身の行爲にも責任があらうし、義經のわだかまりない性格が、賴朝と反撥したともいへる、その上源氏の正統であり、今度の戰の最大の功績者として、また稀有の名將としての衆望を擔つてゐた義經が、院政派、寺院、陸奥藤原氏と結びついていつた次々の行動は、頼朝の變革事業の眞正面と衝突したし、又大きい不安だつただらうから、義經の方は頼朝の事業の性質と方針からも後世の我々に理解され、極言すれば、幕府の精密な政治上の樹立の最大の功は義經の逃避行といふ事實の上にあるとも考へられるが、範頼の方はまことにその變革の歯車が、大地をはつていつた餘勢を示すやうに無氣味である。個人の意志よりもつと壯烈苛酷な歴史の意志の斷面の圖柄をみるやうで怖ろしいのである。政治的舊體系の整理に於て、義仲の存在は武斷一方の大ざつぱなものだが、義經が次々に轉々として逃走する過程は、頼朝のなさねばならなかつた政治上の舊體制の變革のために必要のコースを次々に示したものとも考へられ、義經追捕の過程に於て、初めて武士の行つた破壞事業は、建設コースを自づとふんだやうな結果になつて了つた。卽ち義經の木曾、平家の討伐のみならず、その逃げ方も、よい具合に運ばれて、たゞそれをおさへるといふことが、幕府の組織のゆき方の要所々々を示していつたのである。頼朝はその追捕の形式で、院政派をこと〴〵く彈壓し、寺院をおさへ、守護地頭を配置し、さらに義經を奥州に追ひ入れたことで、當時鎌倉の威令の及ばぬ一大敵國の觀あつた陸奥藤原氏を滅して了つた、この義經の逃げ方は、さういふ點からみても、あまりに巧みに運ばれすぎてゐるのである、かういふ頼朝の運命のめぐまれ方は、約束と談合の上でさへ成立しがたいと思はれる。すべてが天の意志であつたと遂に考へる所以である。さういふ意味から源氏の一統にあつた骨肉相爭ふあの保元以降の業《ごふ》のやうな血の怖しさも、頼朝の出現の後から見ればやはり何か大きい歴史の意志の一つのあらはれの一表現と思はれるのである。

平家物語によると、義經が鎌倉の刺客土佐坊昌俊を六條河原で斬つた情報が鎌倉に入ると、賴朝は範賴に義經追討の大將軍を命じた。範賴は物具をつけて賴朝の前に參候し、九郎判官とは宇治勢多以來共に辛苦を重ねて父の仇に報ずる軍を倶にした兄弟ゆゑ、この度の事は何卒他人に命じられたいと再三懇願した、これは範賴の心中情理正しいであらう。しかしその時賴朝は全然それには耳をかたむけず「わ殿も亦九郎が振舞をし給ふなよ」と一言いつたといふ、これは京都に於ける動作及び院政派に對する態度を命じたものだらう、實に戰慄すべき言葉で、範賴は急ぎ宿所に歸り物具ぬぎ置き、京上りを思ひ留めて、全く不忠のない由の起請文を一日に十枚づつ書は書き、夜は御坪の內でそれを高聲によみ上げて、百日に千枚の起請を書いて差出した。

世間はかういふ賴朝の態度に猜疑心を云ひ、愛情のうすさを云ふのである、さうでなくして賴朝の冷酷とみえるのは、愛情の少なさでなく、理性であり、訓練であり、もつと大きい自然の意志の現れである。まことに賴朝は愛情に薄い人ではない、愛情をうけなかつた人でもない。賴朝は「案外に涙脆い人で有つて」當時一般の武士、京方も阪東さへさうであつたけれど、特に賴朝も涙に脆く、「或ひは慨然として、或ひは暗然として、或は愴然として、或は憤然凜然として、如何にも大模大樣に、立派に、正直に、優美に泣いた人である」と露伴はかいた。優美に泣いたとはけだし名言である。人間至情に發して泣くべきところで自ら涙をおとしたのである。實に當時の武士は涙脆い。何かあれば袖をしぼるのである。一つの末世のリズムのやうに、「袖をしぼりける」といふ文句が平家物語の節づけをしてゐるのである。しかし頼朝のは計畫の涙ではない、賣女のなしうる泣き方でない、しかし策であれ涙流してゐるうちに悲しくなるのは、心理學でなく、人間の失つた樂園生活の殘影である、古の神の時代の殘影である。頼朝が後年伊豆山參詣にあたつて石橋山を通れば、かつての臣の死を思つて涙に耐へず神詣の道の涙を恐れて、道をかへさせたといふ如きなつかしいエピソードさへある。頼朝の冷淡さと見えるものも變革の犧牲を自分と肉親からほどこしていつたやうな大柄のところである。頼朝は神佛を敬し皇室をうやまひ、伊豆擧兵の日にさへ、妙法蓮華經千部讀誦の願を立ててゐたのがまだ八百部に滿ちただけで、滿願せずして兵をあげることを實に苦惱して、伊豆山の覺淵禪師に使を出して如何がしたら良いかを擧兵の騷ぎの中でたづねさせたといふ話など、まことに純眞と雄大な裕りである。父には孝にして家人に恩をほどこしてゐることも實に厚い。政子と通じるいきさつなど又凡人になし得ないものだらう。この人こそ大人物の自らな相では重盛は言ふに及ばず、清盛と比してさへ、何倍か大きい人物である。一代の信頼を集め、王法佛法まさに滅びんとするといふ意識だけの時代を、新しい形に整へる、その頼朝の新しい變形物の原型を平家物語によつて知る者は、平家物語の作者が如何に頼もしく頼朝を描いたか、或ひはそのかき方のたのもしさも共に理解できるであらう。

　頼朝の長子頼家は暗殺されたが、木曾の長子義高に嫁した女大姫など、當時めづらしい純情の女性で、義高が殺されたのちも、再縁を肯んぜず、つひに夫を想ひつゝ發狂した。

當時は一般に再婚は武士や貴族や上つ方に於ても極めて普通のことで、今のやうな進歩した貞節觀念は凡そ五百年も後に、民衆の涙をひくために子役ばかりあくどく用ひ出した文藝藝能のセンチメンタリズムから發生したものである。でなければ朝に鬪ひ夕に討たれるやうな世相では、實に不都合であらうと思はれる。賴朝の二男實朝は云ふ迄もなく古今の大歌人で、かういふ大藝術家は、藝能と文化を誇つて滅んだ平氏の家系に一人匹敵する者もないのである。平家の公達は皆すぐれた公約數であるが、源氏の方は前後を云つても、爲朝、義平、義仲、義經、實朝などみな寶玉である、或ひは璞である。わけても爲朝のごときは、實に洋々とした海原の如き心と風懷の持主として、歷史を通じて素戔嗚尊系の第一級の人物である。平家の教經を爲朝に比べても、その璞の質量がちがふのである。しかし就中賴朝の如き、桁のちがふ大人物で秀吉と家康の仕事を一人でなしあげてゐる。この末世の中でどんなに賴もしがられたか、今日でも痛感されることである。その賴朝の血脈が決して否文化でなかつたといふことは、この戀に死んだ大姫や、大歌人實朝をみれば充分であらう。

實朝は大叔父爲朝を歌にしたやうな歌人である。戰場劍戟の中で肉體と生命と弓矢で描かれた日本の武士の心ばへは、實朝の歌で終つたのである。爲朝の歌は、「强弓長箭、九ツ目の鏑の長鳴り」であると、露伴が語つてゐる。その心の爽さも朝明けになりわたる鏑の響に似てゐた、かういふ人物は平家になかつたのである。それは實朝のやうな歌人が平家になかつたことと較べて意味深い。平家の歌人は撰集のことを軍の門出に思つてゐた忠度であらうか、しかし實に平家そのものを歌つたのは、かの可憐な少女小説的歌人、建禮門院右京大夫である。先頃佐藤春夫が、その名作なる法然上人の物語の中で、この悲しい歌人を述べてから、今の世人の若干が、平家哀史中のこの女性に關心をもち出したと見えるのは、上人の餘德か、詩人の追善の至誠の通じるものの深さが思へて、祕かに我らさへ感銘するものである。しかもこの愛しいふしめがちの女性の歌のひゞきは、爲朝の、强弓長箭、九つ目の鏑の長鳴り、そのますらをの歌に劣らぬいのちのすなほさをもつて、虛空に消え去つたやうなむかしの人の俤が、今日の我らの爐邊の思ひに、冷い灰の中からほり起される埋火のやうにさへ思へるのである。

爲朝や義平や義仲の心の爽さは、世の丈夫の手本として修養すべき立派さである。すでにそれは、ますらをの歌である。男子とは爲朝や義仲でよい、素戔嗚尊を祀り日本武尊を齋つたのが日本人の先祖であつた。さうして女は、あの宇治の橋姫である、小町であり、和泉式部であり、あるひはこゝにかいた右京大夫でもよい。爲朝を理想の型としてみれば、我々にもその心の廣さ爽さを手本として己を近づける道があらう。しかし偉大な賴朝は直接的な人生の手本とならない存在である。凡そ賴朝は天造物ともいふべき人物であつた。我々の詩人の歌が、その詩といふものの同じ天造の性質によつて、賴朝といふ天造物の、共通した心性に近づくのみである。尤も爲朝をも我々は歌はねばならない。しかしそこにはものごとのもつ大きさに於て、何とも問題にできない自然の意志の現れ方の差がある。歴史も爲朝を仰いで愛し、賴朝を仰いで身をまかせたのである。

それは毅然とした明君である、おそらく專制君主の理想形であり、最もすぐれた一つの實在であらう。恥辱に遭うて對手をきるか已を斬るかのいづれかによつて、同一の勝利を確保した古人は——自己をきる切腹を封建的イデオロギーと嗤ふものは、凡そ世界の苦勞を知らぬ精神である——このやうなたのもしい明君のまへに己をなげ出したのである。

我々が天地の間に風雷を怖れず地動を怖れずに概して日々を安んじるやうに、平家物語の作者は末世の世にあらはれた頼朝の姿に、神の與へた天地に對する信頼のやうなたのもしさに奉仕された英雄を描いたのである。我らが四大の霍亂あるを豫期し得ない天地に安んじて身を委ねるやう、人々は天地の作つた我々の一人の同胞に身を委ねうるのである。

私は古の理想であつた禪讓と相續を共に信頼するのである。天地の怒りに襟を正した古代の東方人のやうに、天地を具象した一人の英雄を待望する。さういふ英雄はすべて天造物である、爲朝もまた激烈な天造物である。さうして平家の公達は優美な人工物であつた、實朝の歌を忠度の歌に比較すればその間の事情判明するであらう。しかし爲朝頼朝を共に天造物としても、頼朝は我々の人工や訓練や修養を以て近づき得ない、又近づく必要のない偉大な天造物であり、歴史を變革するために天より與へられた何者かである。それは「人道」の一つの希望の具現を意味した、權現である。今日の我々の諦觀はサンチヨー・パンザたることだつた。ドン・キホーテは完全の天造である、しかしサンチヨーの道はいくらかえらばれた人間の理性の道である。東方專制の國に於ては權現思想が發達した。

その時代は再び現れないやうな立派な美しい武士たちが次々に殺戮され空しく戰場に消

えていつた時代である。彼らは好んで死の戰場に臨んだ。今日にして思へば、保元以降平治壽永に亙る時代は、たゞ秀れた日本の武士を無數に殺した歷史である。誰が殺したのでもなく自ら死んだのである。それは又武士たちが、つねに袖をしぼつてゐた時代である。殺戮と落涙の時代である。この時代程人々が涙を流して泣いた時代はないのである。不世出の人物が歷史の齒車の下に、損ぜられひしがれ、立派なものも、卑劣なものも、同じやうに死んでいつた。だがその間に、賴朝の「樹立」だけは着々と進行していつたことが誌されてゐるのである。源氏の武士、平家の武士、それらの中に、どんなにたくさんの惜しんで餘りある人々の死が記錄されてゐるか、結局平家物語はさういふ人生の悲しい物語を誌し留めたのである。日常不斷にあるこの世の事情ながら、合戰の日に始めて暴露されるその實相のいのちを描いたのである。

平家物語の描いた賴朝の片鱗は、時代の人道の希望であつた東方人の英雄を表現して、古の物語作者の天才と、彼らの自然理法への歌を歌ひあげた。我らも亦一人の人間にあはれる天の意志の具現をみて、それをたのもしいと感じるとき、敬虔に自然の理法に己をさゝげる。東方の祭政一致の思想への信賴、その口にすべからざる信仰、政治の法律と神の法律の一致を、天造物に似た一人物の夢に描く精神が專制治下の精神であつてもなくても、我らは水より出た氷の水より冷たく、藍より出た青の藍より青いのを信じるのである。水が氷となり或ひは氣となることを信じるまへに、氣壓計と溫度計の構造と指示を重んじるのも亦よいと思へるが、私は古い精神の保守派である。今日の合理的說明に安心するより、わからぬことに敬虔でありたい。限りない時代と人々の信仰を集めた邪祠淫祠にはまづ頭さげたいとみに思ふのである。華嚴法相の寺院に詣でて、たゞ古代の偉大の藝術に頭をさげると稱することは、凡そ年少未だ勞苦を知らぬ心傲りにすぎなかつた。まづ佛に頭をさげるべきである。佛に合掌せずして、たゞ古代藝術品に低頭するといふのが、進歩した二十世紀的紳士の身だしなみであれば、私は無學文盲の鄕黨の百姓の一員たることを當代に於て誇るのである。

　毅然とした英雄として、また末世の人道の希望の唯一の具現者としての賴朝を考へると、平家物語にかなりていねいに記された源氏内紛事情が、恐らく一つの意志の決意のために必要な客觀的なものと考へられる。古今無雙の名將軍であつた義經さへ、賴朝の荷つてゐた天の意志のまへには爲すべき手段がなかつた。平泉に於ける秀衡の遺言――義經を將として一戰を交へよといふことの傳說を信じてもよい、さういふ狀態は天の意志のまへに何ものでもなかつた。それを刻明に描いたのはこの作者のやはり憎々しいまでの天才であらう。家の沒落や家の權力財產などの喪失に主として形どられる民衆のセンチメンタリズムをテーマとした義經記より、私は「平家物語」を高級な文學と信じるのである。しかし道のべの淫祠に對してさへ、民衆の信仰と祈願とその欲望の美しさを回想する私は、決して義經記をその點から無價値とあげつらふ進步の人々の仲間ではない。賴朝の行爲には己の身内を削つて、自然の意志に奉仕するやうな犧牲さへある、それは凡夫になしうることでない。長田父子をあの殘酷な土磔刑《つちはりつけ》にした如き立派な行爲者だから、一方人道の希望の具現者と、時の人々には見えた。頼朝の検察機關の方針は、清盛の使用した六波羅の禿童兒たちと異るのである。恐らく今の世の海の内外の、野心で行爲する僭主希望者はこの頼朝の教訓に學ぶべきである。頼朝は雄大な規模の専制者であつたが、野心といふ人間的な政治を殆ど生涯に於て描いたことがなかつたのである。近代に於ては専制者さへ墮落したのである。それは神より墮落して人間となつたのである。妙經千反立願もいはゞもつとやさしい心、千鶴や八重姫に對する心の變形にすぎなかつた。頼朝が人道の希望であつたことは、かゝる事情の下に自らに成つたのである。それゆゑ神佛を怖れずしてしかも敬虔な奉仕者であつた。

だがこの頼朝に具現された人道の希望を、同じく人道への態度から決然と反對されたのがのちの後鳥羽院の藝能二面に表現された精神である。

　おく山のおどろの下をふみわけて道ある世ぞと人にしらせむ

この院の御製から、近古近世へかけての日本の隱者の文藝は始るのである。文學と藝能を日本に傳播したのは、院に淵源を發する隱者であつた。先蹤の祖師は西行である。しかもこの院の決意をこめた述懷はかつて山野に交らんとのべられた後白河院の御述懷とも、あるひは「早可レ遂二山林之素懷一」と奈良炎上の報をうけて日記の中に誌した兼實の感慨とも異り、後二者に比しても、後鳥羽院の御時はその決意に於て確然と異るものがある。その院の教へた意志の道は近世の芭蕉にまで貫通し、院の御製かずしらず人の口にある中で、わけて「おどろの下」が流布してゐるのも、たゞ增鏡の悲痛の名文のゆゑのみでなく、やはり専ら院が近古文藝の意志の道の大宗を形づくられたゆゑである。されば頼朝に人道の希望を描いた者と共に、頼朝の樹立した制度に沿はない精神が、卽ち隱者のヒユマニズムの形で後鳥羽院の以後に、武家のおどろの下を、下ゆくやうに深く「たえてたえゆく山川の水」の形で西行から芭蕉の近世へ乾あがることなく流れ續いたのである。實朝が祕かに院の決意の側に加擔した根據があるといふ傳說も、また興味ふかく眞實をのぞかせた傳說作者の手柄の一つであらう。民間に傳承されてつひに滅びなかつた口碑物語には、我々が代々の血で洗つてきたやうな眞實と希望が、全然の噓の中にさへ生きてゐるのである。史傳と文藝はさういふ民衆の自己表現に半分を負はねばならぬであらう。私はさういふ民衆の叡智を信じる、大衆の本能を驚嘆する、我々が歐米諸國製のパンフレツトから綜合分析したお手盛の理論より、民衆本能は眞實を語りついだのである。由來私は民衆の傳說的英雄を描くことに興味をもつた。私の貧しい過去數年の物語的文藝評論も、すべて傳說的英雄と美女をテーマとしたものである。さういふところには記錄よりたしかな我らの父祖の「歌」があると思へたからである。

四

壽永二年三月の木曾と鎌倉との不和が解消すると、京都では既に義仲は東山北陸を從へ近日都へ亂入の豫定との噂が專らであつた。そのさき平家でも壽永元年十二月頃に、明年は、馬の草飼につけて軍あるべし、と披露してゐたので、山陽山陰南海西海の軍兵が多く京都に集つてゐる。東山道も近江美濃飛騨の兵はみな集つた。たゞ東海道では遠江以東の兵は一人も參らない、西は皆參る。平家では木曾を先づ討つて後頼朝を討つ由に公卿僉議が決し、北伐の大將軍は維盛と通盛と定まる。四月十七日辰の一點に都を發向する總勢は十萬餘騎と註された。副將軍は、忠度、經正、淸房、知度、であつた。片道を賜つたので、相坂の關より始めて、路次にある權門勢家の、正税官物をも恐れず、一々皆奪ひ取つて行く。志賀、唐崎、三河尻、眞野、高島、鹽津、貝津の道の邊《ほとり》を次第に追捕して通つたので、人民はこらへずして皆山野に逃散して了つた。

平家軍の大將軍維盛はすでに近江路を出てゐたが、副將軍の忠度、經正、淸房、知度などは近江の鹽津貝津あたりに控へてゐる。中でも皇后宮の亮經正は常より詩歌管絃の道に長じて愛惜してゐたから、かゝる兵亂の中にも心を澄し、遊山のやうな旅をつゞけて、四月十八日の日竹生島に渡つて琴をひき琵琶を彈じて遊んだ。經正は琵琶の名手であつたので竹生島明神はその彈奏に感能され經正の袖の上に白龍に現じて見え給うた。經正は歡喜して、

千早振神に祈のかなへばやしるくも色のあらはれんかな

「兇徒を退けん事疑なし」とこの奇瑞を欣んだ。

木曾は當時信濃にあつたが、部下を遣して越前の國燧城を築いて平家にそなへてゐた。しかし燧城は守將の一人平泉寺の長吏齋明威儀師の平家内通によつて破れ、源氏は加賀に退く。平家はこれを追つて富樫佛誓、林光明の二つの陣も蹂躪して進み勝報は都を喜ばせ

た。この燧城勝利は竹生島明神の感能のゆゑであると當時の人々は思つて感銘した。

五月八日平家軍は加賀の篠原に着す、こゝで全軍を大手搦手の二手に分つた、大手の方は維盛、通盛を大將軍として勢七萬餘騎、加賀の境礪並山《となみやま》に向ふ。搦手は忠度、經正、清房、知度らが率ゐ、勢三萬餘騎、能越の境志保山《しほのやま》へ向ふ。木曾は敗報を越後の國府で聞いたが、やがて平家勢揃へをきくや直ちに馬を飛ばせ長驅礪並山に向つた、その間總勢五萬餘騎になつてゐた。

木曾のこのときの配陣は戰術を應用した戰爭である。この戰は横田河原の戰に井上光盛の計を用ひて赤印をいつはりか〻げたやうな陋劣な戰でないのである。平家物語の中でも、軍隊の布陣と戰術が描かれてゐるのはこれが始めてである。こゝには軍團と軍團の懸合が描かれてゐる。木曾の策戰は敵の大勢と正面で衝突することをさけ、夜陰に乘じて案内を知らぬ敵を自ら倶利伽羅谷へ追ひ落さうとしたのである。この木曾の戰術は成功し、たゞ演習のやうに兵團を運動させたのみで、やす〳〵と敵を倶利伽羅へ追ひ落して了つたのである。

木曾の布陣は總勢を好例の如く七手に別ち、叔父十郎行家一萬騎が志保へ向ふ。あとは北黑坂へ七千騎、これは樋口次郎、南黑坂へ七千騎仁科黨、今井四郎は六千騎で鷲瀬を渡つて日の宮林に陣を布く、木曾自身は一萬騎で小野部《をやべ》を渡つて礪並山の北はづれ埴生に陣をとる。殘り一萬騎を礪並山裾、松長の柳原、茱萸の大林に伏せたのである。まづ黑坂に向つた軍に牽制させて平家の大陣を礪並山中に追ひ入れ、それを倶利伽羅へ落さうといふのである。尤もこの兵數は常襲の如く大へんな物語の誇張であらうが、さう云ふことの穿鑿はどうでもよいと思はれる。南北の黑坂に白旗が三十旒餘りさつとうちあがつたとき、案の狀平家は挾撃を懼れて礪竝山中の猿の馬場に陣をとつた。

埴生にゐた木曾義仲は森林中に片そぎ作の社を見た。土民にきくと八幡社といふ、感激して願書を奉つた。その時雲の中から山鳩が三羽とび下りて源氏の白旗の上を翩翻して去つた。木曾はこの奇瑞を見て急ぎ馬を下りて甲を脫ぎ手水嗽して靈鳩を拜した。これは神功皇后三韓征伐の時の瑞相と、賴義東伐のときの神感の二つの先蹤を思ひ出したからである。

すでにして源平の兩軍は僅三町の距離にまで近づいた。源氏は進まぬ、平家も出ないや、あつて源氏の陣は十五騎の精兵を楯の面に進ませ、十五騎の上矢の鏑をそろへて一度に平家陣へ射入れた。平家側も同じく十五騎を出して射返さす、源氏三十騎を出せば平家も三十騎を、五十騎を出せば又五十騎を出す。百騎を出せば百騎を出す。兩方百騎づつ陣の面に進ませ、互に勝負をせんとはやるが、源氏の方は之を制し、あしらはせて勝負をさせない。これは夜陰をまつ源氏の計畫であるが、平家はその計畫を全然知らない。その程に黃昏となり漸く暗くなり出した。すでに平家を包圍した木曾方は夕闇に乘じて一せいに鬨の聲を合せた。前後四萬騎が、包圍して合せる鬨は山から谷に谷から山にこだまして何百萬ともわからぬ勢を思はせた。四方から包圍攻擊された平家は、すでに浮足立ち、倶利伽羅谷の方へわれがちに逃れようとした。夜は暗い上に、案內は知らない、道かと思つてなだれてゆく程に落ちる兵の上へ兵は落ち、忽ち倶利伽羅谷は平家の兵で埋つて了つた。慘憺とした追撃にあつてこゝをのがれた平家は七萬騎のうち二千餘騎が大將軍の旗下を衞つてゐたにすぎないと誌されてゐる。木曾は追撃をゆるめて、四萬騎より精兵二萬を選んで志保山の方へゆき、苦戰中の行家を援けて、こゝでも平家を潰走させた。この戰で平家の大將軍三河守知度は壯烈な討死をしてゐる。木曾が火牛の計を用ひたといふのはやはりこの戰で、盛衰記の記事である。倶利伽羅谷は同書に後に地獄谷と呼ぶやうになつたとあるが、それは現在の地名と同一の谷のどこかであらう。同地には木曾合戰にちなんだ名どころが、今も多く殘つてゐる。

木曾は志保山を越え能登の小田中、新王の塚の前に陣をしく。その間平家は敗軍を加賀篠原に集結したので、木曾五萬餘騎でさらに追撃する。平家の高橋判官長綱が壯烈に討死したのもこの篠原合戰である。その他齋藤別當實盛もこゝで悲壯な最後をとげて後世にうたはれた。齋藤は元來源氏の家人であつたが、平治以後平家に出仕し、その因緣で鎌倉殿の興隆を見つゝ、つひに舊主にかへらずあきらかに滅ぶものと運命を共にした。浮巢三郎重親、俣野五郎景久、伊藤九郎助氏、眞下四郎重道等もやはりさうで、これらは石橋山で賴朝に弓をひいてゐる。しかし中途平氏に從ひ石橋山でもなほ賴朝に敵對しつゝ、後又源氏にいつた有名な武將も相當ある。熊谷などその一人である。一度平家に從つた因緣から、進んで舊主のまへで死屍をさらした者の中でも、伊東祐親とその二男祐淸の如き特に興味がある。祐親は賴朝と女八重との仲をさき、その一子千鶴を殺し、あまつさへ賴朝までなくさうとした人物だが、これも元は源氏の人である。その八重姫事件のとき頼朝を救つたのは二男の祐清で、祐清は頼朝の乳母比企尼の三女の壻で、この尼の長女は伊豆の頼朝の第一の功臣藤九郎盛長の妻であつた。だから頼朝も擧兵の時祐清をよろこんで迎へようとし、祐清もまた舊來の義理を感じたが、たゞ父の志をついで平家に加擔する決心をし、頼朝の前でそのことを述べて、兩者手をとつて涙を流し合つた。祐清は父の志に沿つて平家に出仕はするが、さすがに頼朝勢に弓をひくことは心苦しいと云つて、木曾の方へ向つて死んでゐる。こんな實に立派な人々が無數に死の運命に身をゆだねて、惜しげもなく生命を滅してゐるのである。この祐親入道は北條氏と共に平氏から頼朝の監視を命ぜられてゐたもので、八重姫の事件は入道の京都出仕中の出來ごとだつた、その事件の始末に頼朝迄なくしようとしたほどの人物であつたから、つひに最後まで頼朝の下風にたゝなかつた。陸路は源氏が抑へて了つて京都へ上る方法がないので、海路を出ようとして捕へられて幽せられた。頼朝擧兵の大功臣である三浦一黨は伊東の族であるから、後に三浦黨が祐親の命乞ひをしたとき、さすがに千鶴に對する處置で祐親をうらみ、法華經千反の發願をした頼朝もこの老入道を許すつもりだつた。しかし祐親は頼朝から出仕せよと云はれた前夜に自害して了つた。これも亦立派な志のある士である。

没落者と共に、新興の勢力の起りをみつゝ、前代に身を獻げて滅んでゆくものにも何か丈夫の誇り、男子の本懐に似たものがある。民衆はつねに新しい勢力の花々しい登場と共に舊いモラルと行を共にする變屈の情熱をも愛する。日本の少年は總て大義名分を知つてゐるが、なほ鞍馬天狗と共に近藤勇を愛し、この兩人を作者が友人にしてみせねば承知せぬのである。私は日本の少年のために、物語をかき、傳說の英雄を語るのである。ナポレオンの中でも、日本武尊の中でも、さういふことわりがきを挿入したのである。それらを少年のために、そして和泉式部や孝標女のことを少女のために、私は大人によんでほしい隨筆をかくのでない、少年少女のための日本の橋をかくのである。私のかいた數々の偉大な日本人を信賴して偉大と知つてゐるのは彼ら少年少女たちである。秀吉の偉大さを知るのは一般の少年少女と知識あり學問あり詩を理解する僅小の大人である。少年の正義感や美觀は、大人の借物の理窟より本能的に正しいのである。九郎判官を愛するものが木曾を愛しむ。敦盛と直實、實盛と兼平、かりそめの敵味方以上のもの、殺戮の敵手同志以上のものを、殺戮の中から美化するのである。少年の美觀の本能は敵味方のモラリズムにとらはれない、殺戮そのものにとらはれない、つねに運命の中に眞實を見出す。實盛、祐親らには何かの變屈の精神がある、世俗の因緣以上のものである。それが死にたい殺されたい氣持として現れた。運命を共にする心を、我々は宿世としてきいてきた。こゝには何かの雄大な業《ごふ》がある。武士が戰場で生命で描いた業の美しさである。しかもかゝる業の美しさに、例へば和泉式部が彼女の女體で描いた美しさは變りなく立派なのである。殺したい氣持も殺されたい氣持も、愛したい心も愛されたい心も、すべて同じ住家にあつて、いはゞそこで描かれる狂言綺語の類は、みなある形の讚佛乘の緣である。平家物語の作者は、――その物語の原型が何卷まであり、あとはどういふ大衆の合意かといふやうなことは問はない、一つの現代の名作さへ、名作は多く一人でない大衆の合作であらう――その讃佛乘の縁を描いて比類なき物語作者である。氣味わるいまでに、事件も大衆も、迅雷の如き動きも深淵の如き靜かさも、すべて無常迅速、虚無の歎きに描き出されてゐるのである。中有の心理と精神を、絢爛の繪卷に描いて、絶後のものであらう。

變屈の精神は、再び源氏へ復歸する正論にお手盛の議論の嫌ひを感じたであらう。一種末期の生活力のない考へである、私はしかし末期のものを尊敬する。彼らは劍戟の場しか生成の境地としてもたなかつたのである。全く平家物語のうつした通りである、我らの如く机上手盛りの空論で事後に生活を律するのではない、いつも劍をもつて立ち、一度發すれば馬を倒し人を倒す鏑矢の高鳴りを、丈夫の高らかな歌として描いてゐたのである。

劍をとつた二人の間に、修身教室の倫理から正義と不義の現れをとくなどは、概して後世墮落の民の習俗である。瞬間の切迫の中にさういふ空論はない。たゞ勝つことが現實である。それは無常に押し流されたときに發見される。闘ひは人力のきづいた線を突破した非常であり無常である。源氏ならば賴朝のために肝腦地にまみれさすが正しく、平氏なら清盛のために死すが正しい。今日私がソヴエート人ならばスターリンの完全奴隷となつていさゝかもスターリンにヒユマニズムがないなどの愚言を云はないし、現に私は日本人であるから、日本の正義を己の住家とする自信から敢へて云々せぬ。ある理論の眼で日本の神聖を云ふことさへ、すでに今日では日本人である私にとつては、大へんな空語と思はれる。矢の放たれた瞬間は考慮や批判を超越する。その批評はその瞬間に成立した血の體系だけが描くのである。平家物語の讃佛乘の緣をとく精神は今日もまた眞理となつた。平家物語は平家が討たれねばならなかつた理由も、滅んだ理由もいつてゐない、人工の正義など說いてゐない、描いてゐるのはつまりその讃佛乘の緣であり、諸行無常の調べである。勝者も敗者も、劍をもつた瞬間に救はれてゐた。殺戮が一つの罪惡であるといふやうな正論は百も承知で、抽象の殺戮でなく、具體の劍戟の場に臨んでゐた。無常が押し流したのである。個人は死んでもよいが、背景の理念は何かの形に表現せねばならない。その劍戟の場に於ては、一切は罪惡から解放されてゐた。敵味方、源平共に互の鎧の袖をしぼつたと書かれてゐる討死の場の表現は單純な描寫ではない。靑墓の宿でわが子朝長を斬つた義朝の壯烈な大慈悲の精神の烈しさなど、墮落した我々にはすでにわからぬであらう、あるひは野蠻と云ふであらう。人間が墮落しなかつた時代、恥辱に遭うた丈夫は、相手を斬るか己を殺すかのいづれかを選んだ。その頃には丈夫はみな英雄であつた。進歩した二十世紀の我々は友情の場合にさへ補强工作を行つて、不信の恥辱から己をいたはらうとする、これは我々の學んだ近來の政治主義趣味の影響である。古典希臘人は絕對に辯解をしなかつた、わが德川の世に於てさへ、なほ武士は辯解を政治上の一儀式として扱つたにすぎない、二十世紀の進步は、査問委員會を唯一の大衆結合のための必需品としたのである。古の誓ひに審査の科學主義が代つたのである。

長綱の場合にしても、その戰ひ方が、阪東の武士よりかへつて立派であり、卑怯でなく、正義で、美しかつたといふことが心をうつ。それはたゞ純粹なモラルへの奉仕であつたから、阪東武士の暗々のうちにさへつねに新しい建設を志しての戰よりも、氣味わるい絶望を通過した裕りをもつたのであらう。しかし美しいことはつねに我々の理念である。さうして必然への沒落者の方が思ふ存分に正義や美しさを示したことは、結果論より意味ないとしても、彼らが何かの價値を犯すことなく、たゞ己を運命の意志に美しく獻げたことは無意義ではない。個々の勇敢さ美しさに於ては、源平合戰の時さへ京方のものである。その頽敗した平家といふ家に於ては、誰一人家長の全體の責任をとるものさへないのにかゝはらず、潔く討死する個々の自主者がなほ殘つてゐたのである。爭鬪には絶對に勝たねばならないのである。しかし敗れることも亦美しいのである。この激烈な殺戮を擅にした爭鬪は、しかし國と國との戰爭を思へばじつになごやかであつた。それは又我々の歷史の幸福であつた。京方の武士の立派さの二三は記された通りである、長綱を討つた入善小太郎行重にしても、或ひは宇治の佐々木四郎高綱、藤戸に於ける佐々木三郎守綱、かういふ人々の場合は、今の世の人の手本とならないであらう。恐らく民衆は(作者も)敗者を美化し自然の情を以て追善する。さういふ意味では義經記の武士たちの立派さが思ひ合される。例へば忠信身代りのところの述懷など、單純に民衆のセンチメンタルへの迎合といへばそれまでだが、それでは我々の氣持にも、述懷を書いた物語作者の氣持にもそぐはぬものが多いと思へるのである。單純な義理人情觀でないが、それを深くとく根據もないことが、云はゞ忠信が平家物語や保元平治盛衰記のあたりで描かれなかつたための不幸である、しかし義經記の忠信から別の歌を歌ふものは自ら別である。忠信が吉野で放つた、三人張に十三東三ぶせの鏑の末强の遠なりから己と彼の歌を描くのは別のことである。しかも平家物語にあらはれた敗者の美しさには、勝者と敗者の文化的裕りの差が描かれてゐるのが興味深いのである。美化と化粧をつねに試みる裕りある人々の慘敗と逃亡を書いてゐるのである。だがその裕りが頼朝のゆとりとちがふところを物語作者は正しく暗示してゐるのは注目されてよいだらう。その文化に既に精神の頽敗なく、家の頽敗である。運命の意志を體して勝利をめざすものと、行爲の正しさ美しさに、化粧と修飾だけを試みてゐるものとには、ゆとりに差がある。諸行無常をテーマとした物語作者は、虚ろな諦觀を、底しれぬ不安の中に描いてゐるのである。それは平家物語の單純な贔屓眼のみではないだらう。何の追善の心もないところで、後世の我々をうつからである。最後まで平家は戰術や武將に劣つたわけでもない、その時代の立場から見れば、後白河院よりすぐれた政治家はなかつた。しかもすべて舊いものの退かねばならない時代であつた。その變革時代を描いたのは頼朝の力である。

阪東の武士はともかく、義仲が横田河原の戰に、信濃の人井上の計をきいてなした戰爭を、私は木曾のために痛惜するのである。しかしかういふ話を作ることが、未開地方の民衆には英雄を勇敢にし正義にすることとさへ見えたかもしれないといふことを、判官贔屓の宣傳文のやうな「義經記」にさへ類型のもつと下等な策を僅か十數歳の義經にとらせて、鬼一法眼から六韜兵法をぬすませる話などつくつてゐるところから考へてみた。一谷合戰の勇將のために、又五十騎で屋島を陷れた古今無雙の名將のために、さういふ說話をつくつた古の野蠻の民衆の考へ方が、私にはやはりなつかしい。

又餘談に入つたが平家がさんぐ〳〵の敗戰をとり集めて歸京したのは五月下旬である。去る四月十七日京都を發した時十萬と稱された兵は四旬餘の間に二萬になつてゐた。川をせきとめて漁り、林を燒いて狩ることは、來年を思ふもののすべきことでない、と當時の人々が批評した位の大慘害であつた。

五

平家を礪竝山に擊破し、さらに進んで篠原に追擊潰滅させた木曾は越前の國府に入つて、そこで山門に對する對策を評定した。この山門その他對寺院の問題、卽ち彼らの去就は興廢に關する重要問題であり、平家滅亡の一つの大きい原因は、對寺院政策の失敗によるその反抗にあつた。さてその結果牒狀を出すこととなつて、義仲の手書《てがき》として從つてきた元南都の僧大夫坊覺明が起草する。この牒狀は相當丁重の中に强硬の辭をのべてゐるが、當時の平家が同じく山門に出してゐる牒狀にくらべると、まことにへだたりのあるものである。平家の方は南都はあきらめ專ら山門に力を注いだ。しかも山門から木曾へ同心の反牒がき、平家の哀願に對しては、代々の恩顧や最近の因緣を棄てて顧みなかつた。かくて木曾が越前、加賀、越中と破竹に進んだ平家を、一擧礪竝山に擊破して長驅近江に入り、七月二十二日延曆寺に入つたさまはまことに偉觀であつた。これは元曆元年正月二十二日木曾滅亡し、その二十六日すでに義經の軍が西下したのとひきくらべて、いづれも名將の軍政をかねた決意の花々しさが見られる。

同年七月十四日に肥後守貞能は鎭西の謀叛を鎭定し、菊地原田松浦の黨三千餘騎を召具して上京した。同じ二十二日の夜六波羅では兵馬がさかんに動き、市中は動搖し飛語がしきりに行はれた。夜があけるとその動搖の理由がわかつた、木曾勢がすでに坂本に着し、三千の山門大衆はこれに同勢してまさに京都に亂入せんとし、行家は宇治橋から、矢田義清は丹波路より、河内攝津の源氏も淀より、各々京都をつかうとしてゐる、といふのである。平家はすでに宇治、淀、山科の各地に兵を派遣したが、そのうち各地の情報を集め會議の結果、諸兵を呼び返して太宰府遷都を決心した。中國以西はなほ平家の勢力下にあつたからである。帝、女院へは宗盛より奏上する、その頃法皇いづこにか御幸されて、御行方不明の報が入つたが事の急に狼狽した平家方ではその行方をさがすことさへ出來なかつた。法皇は祕かに數人の護衛をつれて鞍馬に御幸され、ついで山門に入られたのである。天皇法皇女院を奉じて西渡せんとした平氏の政策は一角が崩れ、一等重要な法皇を味方より失つたのである。二十五日に平家の都落ちはあわただしく完了した。たゞ池殿賴盛は、母故池禪尼が賴朝の生命乞ひをした緣から、賴朝の芳心に期待して中途より都に歸る。肥後守貞能はさきに淀川尻に河內源氏を邀擊するために發向してゐたが、それは虛報だつたのでとつて戻す歸途に行幸にあひ、茫然として驚き、例へ運命如何になるとも京都で最後を終へよと、翻意を宗盛にとくが、すでに大勢は何ともならない。仕方なく引具した五百騎を小松殿の公達の勢の中に附け加へて、自身だけは京都で終る決心をして三十騎で歸京した。貞能は平家が都落ちに焼き拂つていつた西五條の元の平家の曲輪に大幕をはらせそこで一夜を明すが、夜があけても都へ歸る平家の公達一人もない。苦肉の策も失敗したので、貞能は小松殿の墓に暇乞ひして、そのまゝ一人東國の方へ落ちて行つた。二十二日夜の騷ぎから明けて二十三日それが木曾進軍の情報によるとわかり、二十四日夜は宗盛の女院への參候、さうして壽永二年七月二十五日に平家は都を落ちはててゐた。

二十五日から二十八日迄、主上は鳳闕を去つて西海に幸され、法皇は仙洞を出でて比叡山へ御幸、攝政は吉野の奧へ逃げたとの噂である。女院や宮々は、八幡、加茂、嵯峨、太秦、西山、東山の片邊に隱れらる。平家落ちて源氏未だ入替らない。京は開闢より以來初めて主なき里となつた。しかし法皇山門に幸されたとの噂が判明すると、前關白、關白より始めて四位五位の殿上人まで、山門へ集つてくる。

二十八日に法皇還御さる。物語では木曾五萬餘騎で守護し奉つた。近江源氏山本冠者義高が白旗を高くさゝげて先陣に供奉したのである。「この二十年見ざりつる白旗の、今日始めて都へ入る、珍しかりし見物なり」と平家物語もかいてゐるのである。二十年ぶりに白旗が入京した光景を私は木曾義仲のために云ふ必要を感じる、恐らくこれはこの作者の狂言綺語を以て轉法輪の緣としたと語る精神に形を變へてふれるものあると信じるからである。

二十八日二十年ぶりに源氏の白旗が義高にさゝげられて入京したのちは、噂にあつた宇治橋を行家は渡り、丹波路も、淀も、各地の源氏續々と入京して忽ち京師は源氏で埋つて了つた。そして義仲行家は平家追討の院宣を賜つたのである。また高倉天皇の第四皇子當時四歳だつた尊成親王が踐祚せられた。二宮は平家が奉じて西海に下つたからである。平家に對し先帝、女院、神器の奉還を命ぜられたが、何の返答もなかつた。十日に木曾左馬頭になつて越後を賜る、その上朝日の將軍といふ院宣を下された。木曾が越後を嫌へば伊豫を賜る。行家には備後を賜る。備後を嫌へば備前を賜る。さういふ狀態である。平家物語はそれを巧みにうつしてゐるのである。

また鎌倉の賴朝には御使として左史生の中原泰定が下され、賴朝はゐながら征夷大將軍の院宣を賜つた。(史によれば建久三年七月將軍に任じられた、後白河院崩御の後である)賴朝はそのとき義仲行家秀衡及び佐竹冠者討伐の院宣を乞ひ、むしろ強要し、しかも泰定を饗應する仕方がこの上なかつた。泰定は歸京して賴朝の人物から言動の仔細を奉答し、「顏大きくして背短かりけり、容貌優美にして言語分明なり」と語つてゐる。關東の事情をきいて法皇から公卿百官みな滿悅される。平家に同情してゐるとも見える平家物語の作者は、このあたりでも賴朝を唯一の毅然とした英雄に寫し、千鈞の重量ある大將軍として描いてゐる。物語の中に賴朝の言動の出る箇所は少い、しかもそのたのもしさはいたるところに彷彿してゐる。この口惜しいまでに巧みな人物の描き方は實に作者の天才の所產に他ならぬ。

六

平家物語の作者は、壽永二年の賴朝義仲の不和については立入つて書いてゐない。尙源平盛衰記の記述とも異つてゐる。このことは思ふところあるので繰りかへすが、盛衰記によるとこの事件の原因の一つは甲斐源氏武田信義が、木曾の嫡子淸水冠者を壻にせんと欲して拒絕されたので、義仲は小松殿の壻となつて平家と一とならうとしてゐると鎌倉に讒言僞訴したこと、その二つは十郞行家のことである。熊野の十郞行家は以仁王の令旨を奉戴して諸國の源氏を蜂起さすに際し、才略と名望を以て難中の難を敢行した功績第一等の人である。平家物語などでは戰に弱かつたやうになつてゐるが、よい郞等のなかつたためで、最後の奮戰など鎭西八郞の弟として恥ぢないものであつた。この行家が諸士孝養のために賴朝に國奉行を願つて拒絕され、木曾に身をよせたそのことである。盛衰記の記事はさうなつてゐる、さうして今井四郞はむしろ義仲に決斷は時期の問題だと說いて即刻賴朝と決戰せんことを勸めてゐる。しかし義仲は源氏蜂起のために穩便の策をとり、淸水冠者義高を質とした、この義高は賴朝の女大姬の壻となつて後殺され、既述のごとくその時大姬は再緣を肯んぜずつひに發狂したのである。さて義高を出すか行家を渡すかの時にあたつて、義仲が衷心を賴朝に披瀝して吾子義高を質として送つたのは、まことに勇武の士にふさはしい人情の美しさがある。義高は鎌倉にゆくに臨んで、歸る日までの形見にと笠懸を七番射た、女房たちはこれが最後と思つたので、みな淚ぐんで顏を見合すことも出來なかつた。義高が別離に笠懸七番を射たといふ話は、義經が吉次を語つて鞍馬を出るとき、薄化粧して眉細くつくり、髪高う結ひあげ、壁にもたれて半時ばかり、漢竹の横笛《やうでう》を吹いて「音をだに跡の形見」と泣く〳〵出で立つたといふ話と比べて興味多いものがあらう。そののち木曾は宗徒《むねと》の郎等三十餘人の妻を召して、「清水冠者をば汝らが夫の身替に鎌倉へ遣しぬ、若し冠者を惜しむならば、兵衞佐東國の家人催集て、推寄す可し、兩陣矢さきを合せば、共に討死すべし、世中を鎭めんとの計ひにて、冠者をば兵衞佐に渡しぬ」と云つたので、女房たちは聲たてて泣き顔をあげ得なかつた。

盛衰記は記事精密であるが、作品としては平家物語が拔んでるものであらう。盛衰記の記事にあつて、平家物語で省かれたものについてはさきにも記し、それに關して平家物語作者の優秀さについて一言したところである。この兩書を同一物といひ、あるひは一を他の流布形とよりも、今日では二書の文藝的價値の異同を論ずる方が意味あると思へるのである。平家物語が殊に抹殺して描かなかつた部分こそ、その作者の立派さを示すものである。礪竝山の記述でも少しく異り、盛衰記の方には、例の火牛の策や巴の奮戰が描かれてゐる。殊に義仲討死のところで活躍する巴を描いて、つひに朝比奈のことまで書き收めてゐるのは周知であらう。小説奇話の終末をきくのは、大衆の通俗關心である、それを荒唐になつかしく完了したのが、近古のお伽草子文學のゆき方の一特色であらう。

九條兼實の「玉葉」を見ると壽永二年六月四日のところに北陸の敗戰が書かれてゐる。「四日、丁酉傳聞、北陸官軍、悉以敗績、今曉飛脚到來、官兵之妻子等、悲泣無レ極云々」（以下略)ついで五日の記に「前飛驒守有安來、語二官軍敗亡之子細一、四萬餘騎之勢、帶二甲冑一之武士、僅四五騎許、其外、過半死傷……敵軍纔不レ及二五千騎一云々、彼三人郎等、大將軍等、相二爭權盛一之間、有二此敗一云々」三人の郎等とは平家の武士、盛俊、景家、忠經のことである。かういふことは平家物語にも盛衰記にもていねいにはかいてゐない。書いてあるのは主に源氏の內輪の爭である、古き家に對する新しき家の制度の起りをはつきりみつめた平家物語の作者は源氏の內紛だけを誌してゐるのである。さうして源氏の內輪爭ひは、實に賴朝の變革者としての英雄の成因に意味あるのである、必然の犧牲なのである。

物語の中で書かれた、木曾義仲の京師に於ける亂暴といふのは、大へん氣の毒にとり扱はれてゐる。木曾のなほ磨かれてゐない璞石のやうな性格の美しさは、しかし日本の代々の少年は知つてゐたであらう。それは平家物語も盛衰記もなつかしく描いてゐる。木曾ほど強い武士はなく、木曾の郎等は一等强かつたのである。たゞ木曾出現と滅亡は、賴朝に必要であつた、それは歷史のために必要な至上命令だつたのである。一つの制度の變革のために必要だつたのである。木曾滅亡を下がきしたものは舊制度維持派の公卿たち院政派の人々である。院政派の最後のふみ止りの實驗のために、木曾はその人々の策謀の上で滅されたのである。それは賴朝の名で成立した制度の步みを示すものである。從つて義仲は剛直にして人情を解し純情の人でありつゝ、朝敵の惡名を得るやうな不幸な眼にあつた。木曾が京都を保持したのは五十餘日である。古代朝敵であつて京都を五十日保留したものはないといふのが當時の世評であつた。それは木曾の性質が決して惡くないといふ民衆の一つの判斷を示してゐる。木曾の不幸はむしろ當時の院政派公卿の深刻な策謀の犠牲となつたことである。つまり歴史の犠牲にすぎないのである。だから木曾を知る少年たちは、みな木曾を愛する、旭將軍がわるい朝敵であると思はない。

賴朝の横顏をたま〳〵のぞかせるだけで、賴朝の歴史的性格を描いてゐる平家物語の作者は、巧みに木曾の人柄のすなほさも描き出してゐる。木曾が平家の公達に比して、それはどれほどすなほな素樸なものを以て京師に入つたか。京童から粗野と評された木曾のものは、粗野でなく璞だつたのである。賴朝の重さにはまだならないところの、一つのあらあらしい大きい反擊としての新しいものは木曾が京師へ入れたのである。これは平家追放に於ける木曾のはたらきと等しい、その時の木曾の手柄は、又木曾の新しさは充分に平家物語も盛衰記も認めてゐる。平家物語はそれをなつかしく僞畫化した。しかしこゝで僞畫化によつて木曾は同情され救はれる。一つの新しいものは、完全に反動としてあらはれてくるのである。その第一歩に木曾が舊體系に下した强烈な鐵槌を、政治的反動と解した院政派はその力だけを利用しようとして、賴朝によるその鐵槌の樹立を期せずして行つたわけである。この間の木曾の事情を、平家物語が僞畫したのはまことに正しいではないか。「東國」といふ「野蠻」の侵入の最極端がまづ京師へ入つたのである。そのモラルは、平家がうけついだ王朝の身ぶりや模倣と發想を異にしてゐた、賴朝は重衡の藝能を賞讃してゐる。しかもその時の賴朝の態度には新しい王者の姿があるが、平家の公達は前代のものの習練と模倣に奴隷となり、運命の末路を飾り末期を美化しただけである。

平家物語を一貫するリズムとモラルは、王法と佛法の終末意識からくる一つの無常感であるが、具體的には、古い家の頽敗であり、新しい家が起ることを敍述して、古い家のいたましく怖ろしい逃走と滅亡の狀を示し、新しい家の恐怖と無常を寫してゐる。運命に對する態度を知らず、家と共に滅んでゆく、誰一人もその滅びから脫出できない、たゞ滅びを美化する藝能を學んでゐる。藝能といふものはいはゞ滅びゆくもの又は滅びゆくかもしれないと思はれる何かを美化することである。なくなる己を殘さうとする心であらう。滅びが豫想されずともさういふ滅びへの不安が、つねに藝能を生む心にはあるのである。新しい家が制度として起るときに、その新しい家のために新しい家を犧牲にしてゆく源氏の內紛にリアリズムを發揮しつゝ、平家のそれは全部オミツトしてゐるところもこの物語の秀拔さの一面でなからうか。その文章のことは論外である。

だから木曾の第一步はこの終末意識の中で、何か新しい未知として、それは一つの亂暴として僞畫化されねばならぬのである。古い方からも犧牲である、新しい方からも犧牲にされる。完全に思慮のないたゞ亂暴なものとされ、無知として描き出されねばならない。しかしこの新しい力の健康さとして現れたものは頽敗を知らない璞である。平家を荒療治したといふ事實が、文藝作品の構成の上で緊密に一つの歷史批評として描かれた所以である。平家物語は一つの歷史的轉機を描き、その歷史の中の人間を描き、人間と歷史をともに描いたやうな構成の巧みさがある。それゆゑ、僞畫化せねばならない人物木曾を僞畫化しつゝ、深い同情を示して、木曾を我々のなつかしい祖先の一人として恥しからぬ人物としてゐるのである。

だが平家物語が軍記物語の中でも終末期を寫した傑作としてのその構成の巧さをとくためには、さらに九郎判官や平家の公達のことを語り、建禮門院のことを述べたときに終了するであらう。平家物語は單純な英雄譚、史實軍談、ないし俗說にいふ宗教文學、軍記物語などではない。我々の今日に於てもつとも深刻な現代の問題を荷つた作品である。それは恐らく永久であらう。我々の先蹤が數多い軍記物の中で、特に平家物語を尊んだことはその意味を教へる。平家物語の主調は、王法と佛法の終末感の中にゐた人々を、しかも歴史の中にそれらの人々を描いたこと、しかもこの二重性を描いた物語の形式は、ことばや又内容は變更しようが、永久に人間のもつ危機の意識の形式である。そして平家物語はそれらを總て文章のリズムとして表現したのである。

七

義仲はいつの戰爭に於てもつねに寡を以て數倍の大敵にうちかつてゐる。精悍無比な大將軍であるが、一面純璞の如き性格をもつてゐたのである。かういふ性格は源氏の家系には少くない。近い所でも、義朝、爲朝、さらに義平みなさうである。それは平家の公達と異るであらう、例へば、知盛や忠度やさらに教經と較べても違ふだらう。義仲が平家の世盛りに木曾の山から都へ出て平家の動靜をうかゞつた、さういふことは何でもないやうで、實に勇猛な人間を性格的に、教經などとは別の勇猛さに作り上げるのである。義平といふのも實に立派な武士で、平治物語や能に歌はれる青墓の宿の物語は日本の軍記譚中の白眉である、源氏蜂起の口火をつけた頼政にしても、一徹な頑固の老人の如く見えて、その實細心周到の計畫には驚くべきものが多いが、かういふ人より源氏の系統はやはり璞石の如き性格に富んでゐるやうである。これらの源氏の人々をこの物語の中でかくことも、今日充分考へてよいことと私は思ふが、この青墓の物語をけふの散文でかくのは大へんであらう。義仲にしてももう小説にする餘地がないほどで、それを小説にしてみせるやうな天才が思ひつかないのである。傳統的な國民文學としての平家物語を新しい國民文學としてかきかへるやうな天才は一寸間に合はない。つまり國民文學の要望も亦天才を待望したらよいわけだが、それでは問題にならぬから、文藝評論といふのは困る仕事の種類となる。幸田露伴に「頼朝」といふ史傳がある、立派な作品として今日萬人に推擧すべき小説であるが、その中で露伴のやうな不世出の文人がときたて、頼朝のえらさをかいた文章よりも、やはり平家物語の作者が淡々とかきすて、ゐる頼朝のえらさの方が、何か洗はれて靜明になつたやうな、無氣味な迫力をもつてゐるやうな氣がする。私はつまらぬことを考へる性分があつて、例へば、我々の馬琴と露伴とどちらが國民文學者としてえらいか、などと考へるのである。曲亭馬琴と中里介山を比較したなら、私はある確信を以て介山を云ふのである。しかし介山と露伴を比較するとなると、現在の批評界の歩調にやはり影響されて確信があやふやになるのを自覺する。これをもし平家物語を新しく國民の今日の文學として描きうる人と云へば、恐らく法然の物語をかいた佐藤春夫であらう。

義仲は惡源太よりもはるかに意義がある。それが平家物語の中で僞畫化されねばならなかつたと云つた事實である。惡源太の立派さは個人的なもので永久に變らぬものである、しかし木曾はその永久につけ加へて歷史的な意味、一時的な意味をもつ。義平の立派さはその性格の爽さにある。義仲はさういふ男子の魅力につけ加へて歷史的役割の人としてつねに回想追善される位置をもつてゐるのである。さうしてこの一時的なものから起る興味と意味と關心は、永久的な本質的なものと優劣ないのである。これは物語作品に於て極めて重要なことだが、何か近頃の理窟を云ふ者は、かういふ永久と一時を峻別して、一つを否定することによつて他方も否定してゐる。一般に惡源太の面白さにけふのリアリズムを感じないものや、否定する議論を吐くものは、平家物語の描いた木曾冠者のもつ同じ類の興味と、それ以上な歷史的意味のリアリズムをも感じないであらう。平家物語など過去のものだといつた說をなす輩は、現代世相に切實の關心ないものであるか、もしくば平家物語をよんでゐないものである。さういふ說者はおしつめていへば飛行機がかいてないから現代でない、あるひは、汝の平家物語論は背景の經濟的分析がないから現代でないといふやうな說をなす輩である。我らは鎌倉初期の文藝を語るとき、鎌倉時代の草鞋の形や百姓のお菜まで考へるのである。

木曾は野卑蠻骨と排斥された人である。しかし平家物語や源平盛衰記に誌された、木曾の猫間殿饗應の場合などを讀むと、私は淚の出るほど木曾といふ人がうれしくなる。近代人なら多かれ少なかれ複雜になつてゐるから、かういふ人の純璞の歌心のあらはれを、乃木大將を嬉ぶやうに又別の形で敬愛する筈である。木曾は猫間殿饗應ですつかり野蠻として嘲笑された、京の下人にさへ嘲笑された、それを平家物語はなつかしく誌し、盛衰記はていねいに誌してゐる。こゝで二書が文藝的に系統を異にすと、後世の刊本を基礎にして、流布本を根據にして私は斷言する一つの根據である。この根據は文藝批評の立場からで、文獻的立場でない。木曾の蠻行を云ふ前に木曾が院政派の政策に翻弄されたことを考へねばならない。權謀術策は個人の保身の一部となつても、新體制を作らぬ。新體制を作るものは、忠盛の如き下人的根性ではいかない、院政派の政客たちを非難するのは、結果論である。その日を立場として云へば、彼らの次々の政略は日本人離れのした政治的だつたのである。政治的術策は間違つてゐなかつたが、彼らに實力のなかつたことが、失敗の因であつた、政治は平和の日には一つの事務であり、政治の必要な時に於てはそれは悲劇となる。木曾を利用することに成功した院政派の人々は、そのことでさらに深い墓穴を掘つたのである。木曾が蠻民として無智人として退けられたことを平家物語が誌し、木曾を日本の少年少女の好きな一人の人物とするために、その事實を僞畫化しておいたのである。日本の少年は平家物語をよんで木曾を決して惡人と思はない、少年にして木曾の英雄譚を知つたものは、やがて平家物語の木曾に、長じて美しい人間と激しい歷史を發見し、一つの過渡期の犧牲を見出す。そのことから彼らは決して平家をないがしろにせず、賴朝を嫌な男と考へぬのである。賴朝が新制度のために、まづ一家を犧牲に供したことは、むしろ尊敬すべきことである。

義仲もやはり日本の民族の性格としては、素戔嗚尊の系統である。これは優秀な璞玉《あらたま》の一つである。同時代の義經よりずつと荒い璞玉である。判官贔屓は、「義經記」の功績である。平家物語では木曾の方がずつと「判官的」なのである。義經記の成立についても、長い期間に亙るといふ説が通説ときいたが、判官贔屓は日本の知識人が作つた「英雄論」でなく、偏境の民衆の趣向であるから、さういふものとしての考察の興味がある。平家物語に描かれた義經は、木曾より私にはつまらないのである。私は義經記より平家物語を百倍も尊ぶから、どうも木曾より義經がつまらぬと思ふことがある。松殿の女に對する木曾の訣別ぶりの方が、靜に對する義經の訣別ぶりより良いだらうと思ふ。鬼一法眼の娘に對する義經の態度より、巴に對する木曾が良い。池殿の女に對する義經の態度はあまりよくない。義經は女とまちがへられ易い美男子であつたが、俗説でも好色の大將であつた。しかし民衆のつくり上げた「判官義經」はもう別の人格である。しかしそれでもなほ木曾の方が素戔嗚尊の血統である。

明治維新までの日本人は、日本人の血統を知つてゐたのである。彼らは己らの祖先を祭つたのである。その祖先とは、今日の人類の醇美とする精神の傳説的具象である。御一新以後の我々はさういふものを全然失つた。素戔嗚尊が何故祭られてゐるか、柿本人麻呂神社が、何故各地にあるか、菅原道眞が何故祭られるか、日本武尊傳説が何故全國にあつたか、和泉式部や小野小町の傳説が何故文學や彼女らと縁遠い地にあるか、既にさういふことが我々には不思議となつたのである。しかしさういふ傳説化した人物が、變形された形で、我々日本人の偏土の民の己の中にあらはれてゐることは不思議でない。我々の神は詩として我々の偏土の無學の村で歌はれたのである。さういふ雄渾な事實と歴史の究明なくしては、もう日本人の詩が果して「世界」であるか否か判明せぬのである。かゝる我々を微細に照明することが、現代の良心でないといふならば、我々は良心を返上する。新しいものはまづ政治的に反動としてあらはれる、それは當然である。ルネツサンスも新フランスも反動である。今日の新しいものが人類の意志に沿はない反動にすぎないか否かは、我々が決定し得なくとも、恐らく後繼する天才が樹立する。

決然として後繼天才を期待し得る仕事にはつねに意味があると歴史事實は教へる。それは我々の決意の確信の賜である。我々のもつて生れた歌、子守唄としてきかされ、情緒化された歌を檢討することなくして、何の新しい詩が、己の血の中に脈うたうか。

八

木曾は京都で何をしたか。既に誌した如く、木曾の入京は壽永二年七月二十八日である。平治以來始めて源氏の白旗が入京したのである。この時義仲、行家の勸賞で、院政の人々の意見が對立したことを「玉葉」は誌してゐる。頼朝を主位とし三人同時に勸賞すべく、それには頼朝入京をまつべしといつた意見があつた。それを久しく待つのも義仲、行家のために不都合だといふ意見もあつた。物語では鎌倉へ院の使左史生中原泰定が遣され、頼朝は坐して征夷大將軍の院宣を賜つたのである。その時既に頼朝は義仲追討を思案してゐる。院政派の策謀を逆に利用した形であらう。もはやそのころでは當時の公卿の一派にも、頽敗した院政よりも頼朝の勢力に期待したものもあつた。院政が藤原氏をおさへるために源平合戰狀態を利用しつくした後へ、木曾は新興勢力の完全な反動を代表して入京したわけであつた。平家は武士であるが、もはや出發よりして新しい體制としての武家政治の執行者でなかつたのである。卽ち王朝末期の文化時代は平氏とともに西海に沈んだのである。それが美しい繪巻であることは、人の熟知するところであり、その舊時代への尖鋭な反動として入京した木曾の運命も亦新しく人々の知るを要するものである。木曾の狼藉もさりながら當時の院政の爛熟ぶりも、「玉葉」にも描かれ、平家物語もじつにていねいにはゞかつて描いてゐる。淸盛が院政派や寺院に對して行つた彈壓は、頼朝の場合は異る發想から行はれた、新しいものをいふ問題はその發想の異りにだけある。

二十八日義仲が行家と蓮花王院御所に參上し院宣をうけるところは平家物語でも決して無知の田舍者として描かれてゐない。(玉葉に曰く、參入之間、彼兩人相竝、敢不ニ前後一、爭權之意趣、以レ之可レ知云々)二十九日に平家追討の下文を賜る。かねて兼實の意見により、神器はないが、踐祚の行はせらるゝこと、決したとき、義仲が奉じてきた故以仁王の皇子還俗宮の卽位を側近泰經を以てうかゞつたことも、僭上の行ひとはいへない。それも「國主御事、爲ニ邊鄙之民一、不レ能レ申ニ是非一」たゞ以仁王の御志、別して御孝心の程はと言上し、それも一人の義仲の所存に非ず、征戰の軍士らの希望であると恐懼してゐることは、當時朝野の同情をひいたのも當然であらう。この泰經は、後に義經に頼朝追討の院宣の下賜を策して、義經、行家、賴朝の三人に天下を三分しようと謀つた人である。新帝卽位の事情は平家物語に漠然と描かれてゐる。高倉院の四宮が四歳で卽位された、この尊成親王がのちの後鳥羽院である。尊成親王に決定した理由は、三宮が法皇の御膝に坐るのをむづかしがられたのに反し、四宮が嬉ばれたからといふだけのことを、平家物語は書いてゐる。さうして他に別の理由ないらしい。玉葉に、「女房丹波夢想云、弟宮有二行幸一、持二松枝一行之由見レ之、云々」丹波は同書に「御愛物遊君、今ハ號二六條院一」とあり、弟宮とは後の後鳥羽院のこと、この踐祚事情は後鳥羽院に關するゆゑに少しかき誌しおきたいとも思ふが、時の關白、攝政、左大臣等の言動にも若干祕密なものが感じられる。尤も木曾の考へた北陸宮は皇孫であるから、高倉帝の二王子を先としたのである。これは順序である。卜筮では第一同には兄宮がさきと出たが、これを丹波の夢想の卜によつて訂正したから、木曾の不滿は別の側から同情されたのである。卜筮はさらにくりかへされて、今度は第一は四宮、第二が北陸宮、第三に三宮と現れた、やはり木曾は順序を以てすれば、まづ三宮（八歳）を先とすべく、御歳や成年を以てすれば、北陸宮が最適と信ずると上奏した。しかし四宮が二十日に踐祚された。かういふいきさつは後鳥羽院と何の關係もないが、この時の六條院の事などが暗々に後世史家の後鳥羽院論に影響したもののあるのは否定し難い。このやうな時代の事情からいへばまことに木曾に同情されるものがあつた。以仁王の御遺子北陸宮を奉戴することは實に純眞な氣持から出た當時の源氏一般——少くとも上京し洛中に滿ちた武士たちの希望で、政治的驅引を全然知らない、木曾は純眞な希望の間に立つて定めし困却すべき事情にあつただらう。

木曾の亂暴狼藉もいはゞ、院政派の政治的策動の責を一身に負うたといふ方が正當であらう。院政派では義仲と行家を離間し、一方賴朝に通じて義仲を討たせようとしたのである。その結果義仲のクーデターが法性寺合戰となつた。さういふわけで治安回復の出來なかつた理由は、單純な木曾の武士や諸國から上京した源氏の責でなく、もつと一般的な複雜な事情で、その不安の原因は如何なる英雄とて旬日に鎭定しうるものでない。「上御沙汰違亂之上、源氏等惡行不㆑止、天下忽欲㆓滅亡㆒、可㆑悲々々」と九條兼實は誌してゐる。さらにつゞけて「大略、天下之體、如㆓三國史㆒歟、西平氏、東賴朝、中國已無㆓劍璽㆒、政道偏……」ともかいて、そのあとはこゝに寫すのをはゞかるやうな悲痛な辭がつゞけてある。かういふ當時の有力な政治家、有數の知識人の考へは、自らに賴朝を樹立する暗默の氣運であり勢力だつたのである。彼の行爲言動には決然と同時代人を拔んでた質量があつた。

舊勢力の策謀と、新興の武士の暴力が極端に對立して、不安に秩序なくなつて了つた京都の情勢であつた。賴朝上京が傳り木曾立會準備の噂がとぶ、かと思ふと西國の平氏優勢上京すと傳る。九月二日には賴朝去月二十七日出國の噂、と四日には今月三日出國來月一日上京豫定の噂が立つ。京都には物取が橫行する、木曾はすでに院の御領を押領する、「所㆑憑只賴朝之上洛」が萬民の希望である。法皇はそんな日に大造作を近日に始めようとされてゐたのは、末世ながら王者のありがたさである。兼實のやうな人物さへ「國家亂亡之時」と云ひ、「誠佛法王法滅盡之秋也」とかいてゐる。その兼實の日記「玉葉」は當時の世相と社會意識を寫してじつに興味深く、壽永二年九月の項を開くと、八日より念佛を始めてゐる、八日は二萬遍、九日は十四萬遍、十日は十七萬遍、十一日は二十一萬遍、十二日は十八萬遍、十三日は十二萬遍、十四日も十二萬遍、十五日の結願には、今日酉刻、念佛結願、其以前念佛一萬遍其中、一千遍高聲念佛也、阿彌陀大咒一千遍、禮拜百遍、未三曾修二數反之禮拜一、今度始致二此禮拜一、然間、脚氣陪增、殆難レ遂二其功一、然而偏爲二佛法一捨二身命一、滿二數遍一了之後、偏以平臥、如レ存如レ亡（以下略）實にこれらも興味深い文章である。第一等の知識人のしてゐたことの一部分である、玉葉の記録者がすぐれた政治家であり批評家であつたことは周知と思ふゆゑ、その人の全貌を謬るおそれあるやうな部分だけを殊さらにひくのである。

しかし九月二十日には、義仲十八日院參し院より御劍を賜つて平氏追討に出向したと云ふ噂がある。義仲は頼朝の情勢を考へつゝ、西下したのである。院政派では天下三分の現狀を利用してまづ源氏の二者をたゝかはせようとした。謀計によつて漁夫の利を計つたのである。平家はすでに讃岐にある。しかしながら無手にして勞せず、たゞ成果をあげようとする策謀は完成の時に崩壞する。院政の爛熟は清盛を作り、清盛が外戚となるに及んで、反つて院政の彈壓、親政の再建が策されつゝ、それは必然的に、王朝末期の實力者なる武士の純然たる新しい體系の樹立にすゝんでいつたのである。

念佛何萬遍の風潮と世相こそ平家物語全篇の性格である。それは又玉葉に描かれた世相である。しかも末世的亂亡の記事と嘆きの中に、優雅な宮廷儀式の記事が精密にうつされてゐるのを見れば、私は感動に耐へ難いばかりである。さて多く公卿たちは何をしてゐたか、兼實の如き人物は鬱結して念佛をとなへてゐたが、院政派にも加擔せぬ多數はいつも儀式任官について故實上の論爭をしてゐたのである。

九

物語の中では、猫間中納言光隆が木曾を訪れたときの話と木曾院參の牛車の話が滑稽に描かれてゐる。猫間殿の話は、實にたわいない揷話であるが、寓意の多い話である。猫間殿が食事時に木曾を訪問したので辭退するのを無理に饗應する話で、木曾の都ぶりを習はぬことを諷したものであるが、平家物語をみても、盛衰記をみても、實に上手に木曾のまごころが描かれてゐて、武士の精進合子を汚ながる京都公卿が巧みに寫されてゐる。彼らの社交術には、もうまごころをうける方法を知らない、璞石を知らない程に、爛熟したものがあつたのである。彼らの趣味がすでにまごころを失つてゐた。さういふ世界は頽敗してゆく世界である。猫間殿の態度は毅然と拒絕したのでなく、眞實を平氣で蹂躙して、その犯した罪をしらないでゐる悲慘さである。これはいつの世にもある寓話であらう。うけ方よりまごころのあり方を知らない、だから彼らがまごころを想像した場合、社交や社會でそれをうけとる方法を知らないで、後白河院のやうに、山野に交らん、といふ發想になるのである。この發想が文化への反省から明瞭に意味ある形をとり、うけとり方として構想し出したのは、しかしもつと後の後鳥羽院である。趣味的エゴイズム、藝術至上主義は、隠遁の形でヒユマニズムを形成せねばならない。猫間殿には木曾のまごころがうけられないより、わからなかつたのである。それをよろこぶ方法を知らなかつたのである。低度ではあるが、己らの時代の高度がもつ以上に立派な眞實がかくされてゐるのを知らないのである。木曾の醇樸風習にすぎぬものが、こゝでまごころの形をとつてゐるのは、新しい勢力のもつ新しさ、强さ、又は正しさを示すものである。これは新舊のモラルの見合ひである。それは理窟ではない。大體無理に押しつける木曾がまちがつてゐる、猫間殿がむさくるしいと嫌ふのもあたりまへである、といつて了へばそれだけである。しかし木曾の方になつかしい何かに、同情と同感が味はれることも事實である。

京都公卿のやうに田舍人の純情を輕蔑しうることも亦ある意味で立派である。しかしそれは拒絶でない、彼らは拒絶する程に知つてゐたのでなく、ただ日常から輕蔑したにすぎない。一つの崇高で眞實のものを拒絶する、最も冷酷の構想は英雄に現れても凡人には考へ得ない。普通の「現代」は新しいものに對し、多少とも「京都公卿的」である。今から省みての古ゆゑ或ひは立派ともいへるが、つねに現代は概して無知ゆゑ平氣で行ふのである。しかも野蠻と文化との關係に於て、野蠻がつねに木曾に於けるやうに璞石の形をとるのは珍しい、むしろ絶無の事實だから、いつも「現代」が、猫間殿を冷靜にしたやうな立派さを行つてゐるとは一概にいへない。

木曾は平家追討に進發したが、先鋒足利義淸が備中水島に大敗し、義仲も京都の不安のため、中途よりひき返し上京する。當時ではすでに平家は九州から屋島まできてゐたのである。京都では院政派が行家を木曾からひきはなし、鎌倉に通じる一方、一擧に木曾覆滅を策した、これが行動にうつされたのが十月十七日頃、院中は戒嚴せられ木曾に詰問が發せられた。院中ではつねに全國の三勢力を俎上で策してゐたし、木曾の武人的性質はさういふ政治行動の上手に出ることはできなかつたのである。平家では若干兵力をたくはへると忽ちに上京を策する、しかし賴朝はその間なほ方策を決せず關東の經營に從つてゐた。木曾は院中の動靜を知ると十月二十一日法住寺に火を放ち、法皇を奉じてクーデターを斷行した。その法住寺合戰のとき、木曾が御室の御車に弓を射ようとし、それを今井が留めた話が盛衰記に描かれてゐる。木曾は何故止めるかときく、あれは御室の御車と兼平が答へる、さらに御室とはと問ふ、兼平が、僧の中の王、と答へると、木曾は「さては佛や、佛は何の料に、軍の城には籠給ひけるぞ、穴貴々々」と云ひながら引退いたなどいふ記事も面目躍如としてゐる。

この戰の最中に院の御幸の輿に木曾方があつた。木曾方は散々にそれを射ようとする、その時供奉の豐後少將宗長が大呼して「院にて渡らせ給ふぞ」と叱つたので、武士たちは皆下馬して畏つたと誌されてゐる。勝利のあとで木曾は四十九人の公卿を押籠め、さて戰ひに勝つたから自分は一體何になればよいかと云つて評定し、まづ關白の壻にならうと云ひ出す條がある。法皇になるためには剃髮せねばならぬし、萬乘の君になるためには童形をせねばならぬどちらも出來ない、と云つたとかいてある。結局關白がよいといひ出したが、臣下が止めて、關白は大職冠の末裔のなるものと云ふ、そこですべて思ひ止つて、自分は思ふぞん分馬にのりたいから、院の御厩の別當とならう、といふことに決定したとかいてゐる。

かういふ記述は増鏡の作者が、泰時を中途より義時のもとへ歸らせたのと同巧異曲ともいへるが、義時のときはその言の氣持は信じても事實は信じ難く、増鏡作者の、彼の信仰の强化とも思へる、やむを得ず云はざるを得ぬ氣持、自分の信念に客觀性を與へるための手段めくところあつて、己のもつ眞實をいたはるために噓を云ふに類するもので、それはそれとして實に立派なのであるが、(敵や罪人を作るよりも、倶に生き得ない主義の敵を辯護し高所から己に屈服さす意味で) 木曾が御厩別當となつたといふこの嘲弄のうらにはなごやかな同情がある、それは神聖な絶對の存在を確認させるに足る文章である、又乘馬云々も元々の眞實で木曾の面目をうつしたものであらう。木曾の場合はさう思はれるのである。馬にのりたいから、といふ説明は實に立派で、その時は恐らく三日の太政大臣にでもなれた日である。平家物語作者が木曾を關白の代りに厩別當にしたのはなつかしい手柄である。又時代の他に對する激しい諷刺でもある。事件は十一月十七日より二十九日に終つた。これを例の「玉葉」にみれば、兼實は實に木曾に同情してゐるのである。恐らくこの方に眞があらう。木曾謀叛は、一片の風説によつて院に兵士を集めたことに端を發し、「小人等近習間、遂至二于此大事一」と十七日の條に嘆じて、「無二犯過一之身、只奉二仕佛神一耳」と結んでゐる。

兼實は院政派の公卿の批判者であるから、木曾の同情者である。はつきりと木曾を天の使と斷言し、院政派の頽敗を窮境に押しやつて終つて、そのままバトンを賴朝に渡せばよい役割をした人のやうに誌してゐる。兼實が木曾を天の使者と斷じたのはまことにめでたい批評であらう。木曾の心中には一片の政治もなく、叡智を武勇としてもつた人物であることはその行動からも理解される。松殿の忠告によつて、解官をした公卿四十數名の復官に直ちに同意した如き、天性明快の性で、心のわだかまりのない武將でなければ不可能なことである。眞の武將であるが、さういふ武將を政治的に頽敗しきつた院政派の「小人等」は用ひる方法を知らなかつたのである。兼實の如き明敏な政治家がこれを同情したのは理由あるところであらう。

木曾は當時東西に二大强敵をもつてゐたので、平家追討を命ぜられたときには、西に御幸を願つたが勿論それは許されなかつた。一度京師に入つたもののそこを捨て難い魅力は、つねに王城のもつ性格であらう、それは木曾のみでない、平家の破滅の因であつた。木曾が北陸への後退を考へつゝ、實行しなかつたことは理由のない自然である、既に行家は敵對し、法皇ともよくない窮狀だつた。しかも賴朝はつひに決意した。義仲は情勢の切迫を見て平家と媾和を策さうとした。しかも屋島までもり返してゐる平家では詮議の上知盛の意見によつて降人としてならば許すと返答した。天下は三分して漸く均衡を保つてゐたのである、しかもこの累卵の均衡を攪亂したのは院中の策動でなく、神出鬼沒な義經の用兵策戰であつた。

元曆元年正月十一日木曾は征夷大將軍の宣下を賜つた。平家追討のために西國へ發向する由を奏聞した時であらう。しかしこれは東國の武士の入替まで木曾を嬉ばすための計と云はれた。木曾が「大に畏り喜びけるこそ哀なれ」と盛衰記はしるしてゐる。時に平家は福原に來たといひ、源氏旬日ならず宇治につくといふ、洛中の噂である。頼朝が決意して兵を送つたのは去る十一月ごろ法性寺事件ののちに院が平家方に渡らせらるとの風説に驚いたからである。頼朝は院宣を賜り義經はすでに先發して伊勢にゐた。十五日東軍は勢多に現れ、その多勢を以て威嚇したので、義仲方は京へひき上げた。しかも十七日に木曾方の樋口兼光は河内へ行家を攻めに出てゐる。その間義經は着々と軍勢を近江に集結し、木曾はほゞ千騎と數へられた在京軍を分散せねばならなかつた。東國軍が宇治勢多を攻めたのは二十日である。その前日十九日に兼光は石河城を敗り、行家は高野に出奔した。

木曾軍は無勢であつたのでつひに兩所共に敗北し阪東勢は宇治を渡つた。その敗報が義仲に知らされたとき、義仲は最後の暇申しのため院の御所六條殿へ馳上つた。しかし門前までは來たが何も奏すこともないと氣づいたので、取つて返す途中六條高倉の舊知の女房の家へ立寄つた。ここも物語作者の巧妙なかき方である。初め木曾が、法皇を奉じて北陸に下る計をたてたことも分明である。しかしもはやこの機に臨んで北陸落ちを策動する程の武將でない。又法皇を奉じてゆくやうなことも考へつゞかぬ武人である。さういふ木曾の性格のために利したのは義經であらう、しかもさういふ運命の美果はみな頼朝に集つたのである。この六條の女房は盛衰記には松殿基房の女となつてゐる。最後の名殘を惜まうとしたのである。もう東國勢は宇治を破つて河原まできてゐる、それに義仲は、その女房の家へ入つたまゝなかなか出てこない、郎黨の越後の中太家光は氣が氣でないので、「御敵既に河原迄攻め入りて候ふに、何とてさやうに打解けては渡らせ給ひ候ふやらん、唯今犬死せさせ給ひ候ひなんず、とう〳〵御出で候へ」とよぶが、木曾は「引物《ひきもの》の中に籠り居て」なほも名殘を惜んでゐる。家光はつひにしびれを切らして、どうせこゝで犬死されると決つたら、自分は先に死出の山でお待ちしようと叫んで、縁側で腹掻き切つて死んで了つた。同じく從ふ郎黨加賀國住人津波田三郎も家光が腹を切るのを見るや、自分も引物のまへにきて割腹してうつぶせにふした。木曾はこれは我を勸むる自害であらうと感じたので聽てそこを打立つ。

六條河原と三條河原との間の戰は何分にも木曾は小勢、その上樋口、今井の如き大將もゐないから散々にうち敗られて、もはや院の御所へ歸る道もなくなつた。宇治を渡ると同時に義經は河原の戰ひは軍兵に委ね、このころすでに數人の郎等を具して院參してゐた。すでにして木曾はこゝで自害しようと考へ、今井を勢多へつかはしたことを後悔する。今井は木曾の乳兄弟である。年少竹馬の昔より、死なば一所と契つてゐた間である。今所を異にして討れるのが悲しいと、涙を流して嘆く。さうして今井に今一度あふために、六條から三條の河原まで、雲霞の如き敵の中をかきわけて、追撃する敵を反撃すること七回、加茂川をうち渡つて粟田口松坂から落ちてゆく。「去年信濃を出でしには、五萬餘騎と聞えしが、今日四宮《しのみや》河原を過ぐるには、主從七騎になりにけり。まして中有《ちゆうう》の旅の空、思ひやられてあはれなり」と平家物語は語つてゐる。

この七騎の中に巴も殘つてゐたのである。木曾は一應丹波へ出ようか、北陸へ越さうかとこゝでまよふ、そしてやはり今井が氣がかりで、まづ勢多へ向ふのである。この間木曾の行動は實に立派である。北陸へ行つた方が再起のために良いと云ふやうなものであるが、勢多へ出たのは實に立派で、やはり勢多で死ぬ義仲の方が、今一度北陸へ出して再擧させたいと思ふ木曾びいきの氣持より、贔屓にふさはしいのである。そして主從は偶然大津打出濱で落ち合ふ、今井も勢多で八百騎が五十騎になる迄奮戰したが、同じく木曾を氣づかつて重圍をのがれおちのびたのである。木曾は今井の手をとつて「義仲六條河原にていかにもなるべかりしかども、汝の行方の覺束なきに、多くの敵に後を見せて、是迄遁れたるはいかに」と云ひ、今井が自分もさうだつたといふのをきゝ「さては契は未だ朽ちざりけり」と嬉んで、木曾の旗をあげさせるとあちこちから身内の勢が集り三百騎ばかりになつた。木曾はその一軍をひきゐて實に壯烈な一戰を範頼の兵六千騎と試みてゐる。さうして遂に今井と主從たゞ二騎になつて了つた。粟田口では七騎、今は二騎である。木曾は今井をかへりみて、「日來《ひごろ》は何《なに》と思はぬ薄金《うすがね》が、などやらんかく重く覺る也」（源平盛衰記）と嘆いた。これ程美しい丈夫の歌の一句を敍した戰陣の將軍が他にあつただらうか。實に美しい、限りなく悲しい歌の一きれである。

十

「木曾殿今井の四郎唯主從二騎になりて宣ひけるは、日頃は何とも覺えぬ鎧が、今日は重うなつたるぞと宣へば、今井の四郎申しけるは、御身も未だ疲れさせ給はず、御馬も弱り候はず、何によつて一領の御著脊長《きせなが》を、俄に重うは思し召され候ふべき。其は味方に續く勢が候はねば、臆病でこそ、さは思し召し候ふらめ。兼平一騎をば、餘の武者千騎と思し召し候ふべし。爰に射殘したる矢七つ八つ候へば、暫く防矢《ふせぎや》仕り候はん。あれに見え候は、粟津の松原と申し候。君はあの松の中へ入らせ給ひて、靜に御自害候へとて、打ちて行く程に、又荒手《あらて》の武者五十騎許りで出で來る。兼平はこの御敵暫く防ぎ參らせ候ふべし、君はあの松原の中へ入らせ給へと申しければ、義仲、六條河原にていかにもなるべかりしかども、汝と一所でいかにもならん爲にこそ、多くの敵に後を見せて、是迄遁れたんなれ。所々で討たれんより、一所でこそ討死《お》をもせめとて、馬の鼻を竝べて、既にかけんとし給へば、今井の四郎急ぎ馬より飛んで下り、主の馬の水つきに取附き、涙をはら〳〵と流いて、弓矢取は、年頃日頃いかなる高名候へども、最後に不覺しぬれば、永き瑕《きず》にて候ふなり。御身も疲れさせ給ひぬ、御馬も弱つて候。いふかひなき人の郎黨に組落されて、討たれさせ給ひ候ひなば、さしも日本國に鬼神と聞えさせ給ひつる木曾殿をば、何某《なにがし》が郎黨の手にかけて、討ち奉りたりなんぞ申されん事、口惜しかるべし。唯理を枉げて、あの松の中へ入らせ給へと申しければ、木曾殿さればとて、唯一騎粟津の松原へぞ駈け給ふ。今井の四郎取つて返し、五十騎許りが勢の中へかけ入り、鐙踏張り立上り、大音聲をあげて、遠からん者は音にも聞け、近からん人は目にも見給へ。木曾殿の乳母子《めのとご》に、今井の四郎兼平とて、生年三十三に罷りなる。さる者ありとは、鎌倉殿迄も知し召したるらんぞ。兼平討つて、兵衛の佐殿の御見參に入れよやとて、射殘したる八筋の矢を、さしつめ引きつめさん〳〵に射る。死生《ししやう》は知らず、矢庭《やには》に敵八騎射落し、その後太刀を拔いて、斬つて廻るに、面を合する者ぞなき。唯射取れやとて、さしつめ引きつめさん〴〵に射けれども鎧よければ裏かかず、あきまを射ねば手も負はず。木曾殿は唯一騎、粟津の松原へ駈け給ふ。比は正月二十一日、入相《いりあひ》許りの事なるに、薄氷は張つたりけり。深田ありとも知らずして、馬を颯《はたら》と打入れたれば、馬の首も見えざりけり。あふれどもあふれども、打てども打てども動かず。かゝりしかども、今井が行方の覺束なさに、振仰《ふりあふ》のき給ふ所を、相模の國の住人、三浦の石田の次郎爲久追つかゝり、よつ引いてひやうと放つ。木曾殿内甲《うちかぶと》を射させ、痛手なれば、甲の眞甲《まつかふ》を馬の頭に押當てて俯《うつぶ》し給ふ所を、石田が郎黨二人落合ひて、既に御首をば賜りけり。やがて首をば太刀の鋒《さき》に貫き、高くさし上げ、大音聲をあげて、この日頃日本國に鬼神と聞えさせ給ひつる木曾殿をば、三浦の石田の次郎爲久が討奉るぞやと名のりければ、今井の四郎は軍しけるが、これを聞いて、今は誰をかばはんとて軍をばすべき。これ見給へ東國の殿ばら、日本一の剛の者の自害する手本よとて、太刀の鋒《きつさき》を口に含み、馬より倒《さかさま》に飛落ち、貫《つらぬ》かつてぞ失せにける」（平家物語）

〈解説〉

日本の女性

近藤洋太

昭和四十七年の初秋の頃かもう少しあとだったか、私はある医学系出版社の就職試験を受け、最終面接まで残った。面接でどんな作家に興味をもっているのかを聞かれたのだと思う。「保田與重郎です」と私は答えた。面接官のひとりが、ふと顔をあげるようにして「保田をね……」とつぶやき、なにか言いかけて口ごもった。面接官は保田について否定的な感情を抱いている人だったかもしれない。もっと穏便な作家の名前でなくて、なぜ大事な最終面接で保田の名前を口に出してしまったのだったか。そのせいだけだとは思わないが、私はその会社に不合格だった。

私がはじめて保田與重郎の本を読んだのは、その就職試験の少し前で、角川選書の一冊として刊行されていた『日本の橋』だった。そのころ講談社から『保田與重郎選集』(全六巻)が出たことは知っていたが、それは学生の身分では買えない高い値がついていたと記憶するから、角川の『日本の橋』は、当時としてはもっとも手に入れやすい保田の本であったと思う。

橋川文三の『日本浪曼派批判序説』に触発されて、保田に関心をもっていたのは事実だが、面接を受けたころ、はたしてその文章を理解していたのかはあやしい。『日本の橋』の「はしがき」には、「優雅な若い人々に繙かれたい」とあり、「誰ケ袖屛風」の書き出しには、祇園祭の夜、「問屋町で、宗達のやうな一雙を見つけて大へんうれしかつた」といった一節がある。私は優雅でもなく、屛風の価値の分かるような若者でもない。ただ生意気なだけの野育ちにすぎなかった。戦後の文学者や思想家の文章を読み慣れていた私は、「誰ケ袖屛風」や「日本の橋」のみやびやかな連想のおもむくままに、婉婉と続く文章に面食らってしまったのだ。

昭和十二年の「人民文庫・日本浪曼派討論会」で、「人民文庫」を代表するひとり高見順は「現在浪曼派の主張、具体的には保田君のものは高等学校の生徒が皆読んでゐるさうだ。／つまり高校生活の観念的な傾向に浪曼派の人々が受け入れられてゐる訳だ」と発言し、それは「実に幼稚ななげかはしい傾向だと思ふ。それが天下を風靡することは」と述べている。この座談会の発言を読んだのはずっと後のことだが、当時の私は、不遜にもわずか三十年ほど前の学生を魅了した保田の文章が、理解できないわけはないと思っていた。『日本の橋』を何度か読みかけ挫折しながら、ある時、ふっと私のうちに納得するものを感じた。「日本の橋」の最後に出てくる裁断橋碑文のくだりだ。保田の引用原文は仮名が多いので、ここでは読みやすさを考慮して、適宜漢字を交えて引用した。

> 天正十八年二月十八日に、小田原への御陣堀尾金助と申す、十八になりたる子を立たせてより、また再目《ふため》とは見ざる悲しさのあまりに、今この橋を架けるなり。母の身には落涙ともなり、即身成佛し給へ。逸岩世俊と、後の世のまた後まで、この書附を見る人は、念佛申し給へや。三十三年の供養なり。

戦乱の世に戦で息子を亡くした母親のこの短い碑文に込めた思いは、四百年近い歳月を超えて私たちの胸に惻々と伝わってくる。名のある女性ではない、教養をつんだわけでもない、ましてや文章をうまく書こうと思ったのでもない。子の死から三十三年経って、世は泰平の時代に代わり、この女性は既に七十を超える高齢であっただろうと推測される。それでもなお、亡くした子供への思いから、橋を渡るひとに「念佛申し給へや」と語りかけるのだ。

この挿話を今読むと、私は戦後、保田與重郎が金閣寺放火事件について「祖国正論」に書いた文章を思い出す。犯人の学僧は、放火の動機を美に対する嫉妬だと言い、面会に来た母親に母子の縁を切ってくれと言ったという。母親は早く父を失ったわが子をよい僧侶とするため、里心が起こらないよう家に寄せつけずまた訪ねようともしない古風の人だった。その母親が帰途の車中から保津川に投身自殺した。保田は「一個の知識人の思想が、親子の絆といふ現實の、嚴しく、深い眞實を斷ち切りうるものか否かへの、悲痛な回答であつた。息子の、世の中のすざまじい罪障を己一身に背負うて、母親は我とわが命を裁つたのである。親は常に斷崖に臨んで生きてゐるのだ」と述べている。

さらにもうひとつ、保田が『日本語録』のなかで引いた有村蓮壽尼の「雄々しくも君に仕ふるもののふの母てふものはあはれなりけり」を思い出す。蓮壽尼は「桜田門外の変」で井伊直弼を討ち取った薩摩藩士、有村治左衛門、雄助兄弟の母である。治左衛門は直弼の首をあげすぐに自害したが、雄助は捕らえられ薩摩に送られたのち自害した。その死は母の促しによるもののようだ。「この母はたゞ子等の志を信じる上で生きたのである。たゞ一つの君に仕へるみちを貫いた子らを信じること、即ち國の道を信じることが母の生きる唯一のより所であつた」と保田は書いている。わが国の母たちは、ときに子の身代わりとなって命を投げだし、また子に死を勧めることすらあるのだ。彼女たちの心のうちは激しい、けれどもその在りかたは美しいのだ。

ところである時、浪曼派に近い批評家から「浪曼派の真髄はね、男は愛嬌、女は度胸ということだよ」という話を聞いた。それは「河原操子」にあてはまると私は思った。河原操子は、もとは長野の高等女学校の教師をしていた。彼女は体が丈夫なほうとはいえず、二十歳をいくつも過ぎていなかった。明治三十五年、中国人の女子教育をめざし上海の女学校の教師となり、翌三十六年、喀喇沁王からの要請を受け、喀喇沁に赴任、教育に携わることになった。とはいえ彼女は、その地がどこにあるかさえ知らなかった。「喀喇沁《カラチン》はいづこ、北京の東北にあり、北京より九日程にて達すべしと、甲も斯く乙も丙も斯くいふより外には、何事も聞かせぬにはあらず、知るものなきなり」と記すような心細い状態だった。おりから日露戦争が勃発、日本人としてはこの北辺の地にただひとり残り、教育に携わるかたわら敵方の動静を北京に知らせる使命を帯びることとなった。

河原操子は立派にその使命を果たした。保田は彼女に国策型の「女丈夫」という言葉を冠することを否定している。そして河原操子のような女性こそが、日本女性の典型であり、思わぬときに意外にも勇敢な姿を現すと言葉を換えてくりかえし述べている。

保田與重郎をもっとも早く評価したのは、萩原朔太郎であった。朔太郎は「詩人の文学」のなかで、保田たちの「コギト」を「過去のいかなる文壇的ギルド系統にも所属しないところの、全く新しい別種の文学精神の出発」と言い、「小説の文壇から出発しないで、詩のエスプリから出発したところの文学者でもある」と親しみをこめて述べている。また大宅壮一が保田たちの文学を「お筆先のやうなもの」と言ったことに対し、「お筆先」という「意味の解らない迷語」や「バラモン教徒の呪文」のごときものこそ「むしろ過去の文壇的邪教と挑戦して、新しき福音を呼ぶための新約なのだ」と言って擁護した。

その萩原朔太郎に「日本の女性」というエッセイがある。そのなかで朔太郎は、裁断橋碑文の母親とともに、小泉八雲が「或る女の日記」として発表した明治期に市井に生きた女性のことを紹介している。彼女は月俸十円の役所の小使をしている男と見合い結婚をして、三人の子供を作るが、子供たちはすべて生まれてまもなく死に、彼女自身も産後の肥立ちが悪く早世した。この女性の五年間の日記には、度重なる不幸にもかかわらず、夫につくし、貧しい暮らしのなかで短歌や俳句をたしなむ余裕をもち、たまの芝居や寄席、行楽を楽しんでいることが記されている。日記は彼女が「昔話」と題して針箱のなかにしまっていたものを、死後発見されたという。辞世の句は「楽しみもさめてはかなし春の夢」。朔太郎は「その薄倖な生活に満足し、良人の愛に感謝しながら、すべてを過去の帰らぬ『昔話』として、侘しく微笑しながら死んだ一女性のことを考へる時、たれかその可憐さに落涙を禁じ得ないものがあらうか」と感想を述べている。

裁断橋の碑文を書いた女性をはじめ、ここに紹介した女性たちはフィクションのなかに存在したのではなく、現実の日本の社会のなかに生きた女性たちである。彼女たちは、かなしく、やさしく、ときに雄々しく、またなつかしい。今日のフェミニズムの社会にも、日本が日本である限りにおいては、形をかえてこうした女性は無数に生まれるであろう。

『日本の橋』は読み返すたびに、新たな感興をそそる本である。そのひとつの読み方を示してみたが、私の保田與重郎体験とこの読み方が、読者に邪魔になったり、余計な先入観を与えないことを願っている。私もまた、この本が今日の「優雅な若い人々に繙かれたい」と念じている。

保田與重郎文庫 1 改版 日本の橋 二〇〇一年 七月 八日 第一刷発行
二〇一八年十二月二五日 第五刷発行
著者 保田與重郎／発行者 中川栄次／発行所 株式会社新学社 〒六〇七―八五〇一 京都市山科区東
野中井ノ上町一一―三九 TEL〇七五―五八一―六一六三
印刷＝東京印書館／編集協力＝風日舎
 ISBN 978-4-7868-0022-1